Respira, Rebecca, respira

RESPIRA, REBECCA, RESPIRA

Bárbara Alves

GRUPO ZETA

Barcelona • Madrid • Bogotá • Buenos Aires • Caracas • México D.F. • Miami • Montevideo • Santiago de Chile

1.ª edición: enero, 2017

© Bárbara Alves, 2017
    Autor representado por Sandra Bruna, Agencia literaria
© Ediciones B, S. A., 2017
    Consell de Cent, 425-427 - 08009 Barcelona (España)
    www.edicionesb.com

Printed in Spain
ISBN: 978-84-666-6056-3
DL B 22127-2016

Impreso por Unigraf, S. L.
Avda. Cámara de la industria, 38,
Pol. Ind. Arroyomolinos, 128938 - Móstoles (Madrid)

Para Rebecca, mi ángel de pelo rizado

1

—Keanu, si vuelves a contestarme, te quedas sin Play-Station. —Se lo digo despacito, susurrando, cerca de su oído, al más puro estilo de *El Padrino*.

—¡No me quieres, mamá, no me entiendes! ¡Todos vais en mi contra! —Parece que está a punto de llorar, pero yo sé que no, que es teatro; de todas maneras, si sigue mirándome con esa carita de rebelde incomprendido, no tardaré mucho en claudicar.

Me mira con los ojos entrecerrados y se va a su habitación, con portazo incluido.

¡Bien! He ganado la batalla, pero sé que tarde o temprano me lo hará pagar.

Me doy cuenta de que hablo de mi hijo mayor como si estuviera hablando de un gángster peligroso y vengativo, pero... ¡es lo que es!

Keanu tiene quince años, es un niño rubio de ojos negros. Es guapo, muy guapo. Tiene la clara convicción de que no crece, cosa que nos está martirizando a todos porque el niño crece con normalidad pero no con la rapidez que él desearía.

Todo ha empezado por unos pantalones cortos. Los miércoles y los viernes por la tarde hace breakdance y tiene que hacerlo con pantalones cortos —verano o invierno no es lo importante—; Keanu lleva buscándolos como media hora sin éxito. Está claro que la culpa es mía, por no llamar al técnico de la lavadora. Hace ya una semana que lo tengo apuntado en mi lista de tareas pendientes (es algo que tengo que dejar de hacer, tener mil listas y no hacer caso a ninguna) y todavía no lo he hecho. La ropa sucia llena ya tres cubos...

Voy a buscar la dichosa lista de tareas porque creo recordar que es ahí donde tengo apuntado el número de teléfono del técnico (amigo de un amigo de mi amiga Janet).

TAREAS PENDIENTES

Coser uniforme de Chloé
Pagar recibo de luz
Comprar DVD de Supernanny
Llamar al técnico de la lavadora
Preparar cena romántica
Teñirme
¡¡¡¡¡¡DEPILARME!!!!!!
Llamar a Janet y conseguir el teléfono del técnico

Vale, pues llamo a Janet.

—¡Hola, guarrona! ¡Te llamo porque tengo una crisis maternofilial en casa y todo es por tu culpa! —Se lo digo todo de seguido, sin ni siquiera darle tiempo a que me salude.

—¡Me río yo de tus crisis! ¡Yo tengo un cuadro de estrés de manual! —Lo dice chillando con ese tono que utiliza para obligarme a preguntar y olvidarme de mis problemas durante la charla.

—¿Qué pasa? —Ya lo ha conseguido, estoy preguntando.

—Ay, Rebecca, qué asco de todo... ¡Natalita la Guarraquetecagas ahora es diseñadora! La muy zorra está lanzando una línea de ropa hecha a mano con mucho amor... Está colgando las fotos en Instagram y ¡ya tiene ciento veinte comentarios! ¿Se puede ser más asquerosa? Estoy pensando seriamente en matarla, creo que voy a comprarle una bolsa de chuches de tres kilos y obligarla a comérsela entera... a ver si revienta.

Natalita la Guarraquetecagas es la ex de Javi, el novio de Janet, una bloguera que tiene todas las profesiones del mundo, que todo lo hace *hand made* y de color rosa.

Janet es tatuadora, y conoció a Javi cuando este fue a tatuarse: él acababa de dejarlo con la Guarraquetecagas porque la tía le había puesto los cuernos y llevaba un tatuaje con su nombre, así que Janet le tatuó a Frida Kahlo y se lo tapó.

La Guarraquetecagas es vegana, dulce, pequeñita y guapa... O sea, ¡para matarla!

—Qué puta —digo—. La verdad es que la tía nunca deja de sorprenderme. ¿Qué dicen los comentarios? ¿Les gusta la ropa? —Mientras, pongo el altavoz para poder entrar a través de mi iPhone a Instagram y ver con mis propios ojos la colección de la Guarraquetecagas.

—¡Pues sí! Ya sabes que no tiene seguidores, tiene esclavos, los tiene hipnotizados, creo que mete algo en los filtros de sus fotos que hace que nos volvamos *chalaos*... ¿Es posible? ¡Voy a denunciarla, te lo juro! ¡Esto no se va a quedar así!

Mientras Janet me destripa sus planes de venganza yo ojeo las dichosas fotos: no están mal, pero, claro, eso no puedo decirlo en voz alta, mi deber es odiarla y debo hacerlo por varios motivos:

- Es la ex del novio de Janet.
- Todo lo hace a mano y además bien.
- Se pasa el día flipando en la montaña.
- Está delgada.
- Si no la odio, Janet dejará de hablarme para siempre.

Así que...

—Pero, nena, ¡¿adónde va?! —grita Janet indignada—. ¿Esta qué se cree? Anteayer era fotógrafa; ayer, militante de Greenpeace, ¿y hoy es Stella McCartney? Es asquerosa y, además, no se va a comer nada con la dichosa colección.

—Tranquila, amor, ya le llegará... —le digo.

—Gracias, Rebi, menos mal que no soy yo la única que lo ve... Te llamo luego, ¿vale? ¡¡¡Voy a hacerme un tatuaje para desestresarme!!! ¡Chaoooooo!

Y me cuelga.

Y lo hace porque no tiene nada más que decirme.

Janet es mi amiga del alma, mi compañera de penas y alegrías. Es una preciosidad morena de ojos negros y dientes tan blancos que le brillan, es traviesa y muy mal hablada.

La conocí en el metro estando yo embarazada. Unos niños de aproximadamente quince años estaban sentados en el vagón y yo de pie, gorda y sudorosa. A Janet eso le

indignó muchísimo y les pegó cuatro gritos a los adolescentes, que se levantaron sin pensárselo, nos dejaron sentar
a ella y a mí y a partir de ahí nació nuestra amistad.

Me siento en la cocina iPhone en mano para seguir
chafardeando las fotos de Instagram y leer los comentarios
de los fans-esclavos.

—¡Mamááá, los pantalones! —grita Keanu desde su
habitación.

¡¡¡Mierda, el teléfono del técnico!!!

—¡Keanu, por favor, dame un minuto, lo estoy solu-
cionando!

Vuelvo a llamar, esta vez desde el teléfono fijo porque
la Guarraquetecagas y sus filtros mágicos me tienen ab-
sorbida.

—Janet, ¿has visto la foto donde lleva los pantaloncitos
cortos y el top negro? Fíjate bien: menudas cartucheras;
además, ¡la manchita esa que tiene en el gemelo derecho es
una variz!

—A ver... ¡Sííí, es verdad! ¡Voy a crearme un perfil falso
y comentarle la foto-variz! ¡Besos!

Me siento bien, otra crisis resuelta por el gabinete Rebecca.

Keanu me devuelve a la realidad.

—¿Me vas a dar los pantalones o qué? —Está impaciente y no le culpo: faltan quince minutos para que empiece
su clase.

Voy al armario, cojo los primeros pantalones de chándal
que encuentro, agarro las tijeras y los convierto en unos
pantalones cortos.

—¡Toma! Ni una queja, Keanu, te lo advierto... —Sigo
con mi tono de *El Padrino*.

Soy una mala madre y sin teléfonos de técnicos que arreglen lavadoras.

Diez minutos más tarde, se marcha y vuelve a dar un portazo.

Son las seis de la tarde: tengo una hora por delante antes de tener que ir a recoger a Uma y Chloé y aprovechar para sacar de paseo a *Lola*, mi perrita, que es un cruce entre no sé qué y no sé cuántos, es blanca y tiene pinta de... ¿conejo? Sí, definitivamente, parece un conejo.

Debería ir al supermercado y preparar la cena; si fuera una madre de esas de anuncio, muy organizada y que llevan delantal, lo haría, pero no lo soy. Me enciendo un cigarrillo y me tumbo en el sofá a ver las novedades de Facebook mientras de fondo, en la tele, Jorge Javier Vázquez pone en su sitio a Karmele Marchante.

Justo cuando estoy mirando el perfil de una compañera del trabajo de Diego, porque últimamente la menciona mucho, me llama: ¡joder, parece que me huela...!

—¡Hola, macarrón, ¿qué haces?! No me lo digas: estás superocupada, los niños te tienen muy agobiada y todavía tienes un montón de cosas por delante que probablemente no te dará tiempo a hacer, ¿a que sí? Eso o estás tirada en el sofá cotilleando en Facebook.

La madre que lo parió, si es que me conoce...

Me aguanto la risa.

—¿Tirada en el sofá? Sí, claro, con todo lo que tengo que hacer... Estoy en Facebook mirando el perfil de tu compañera Carina, porque me muero de celos... ¡No te jode! —Le digo esto porque vi en una película que nada es más difícil de creer que la verdad.

—Me lo imaginaba —me contesta, riéndose.

Vaya película de mierda, que no dice más que tonterías...

—Calla, anda, estoy haciendo la lista para ir al súper...
—Una mentira piadosa: quiero que siga pensando que no tengo tiempo absolutamente para nada.

—Ah, vale, cielo. Por cierto: Carina me ha dicho que el bolso que lleva en la foto del perfil no lo quiere... ¿Lo quieres tú?

Miro la foto del perfil, pero no hay ningún bolso, hay un gatito metido en un vaso de leche...

—No lo veo...

—Jajajajajá, la lista del súper, ¿no? Te quiero, mi amor, eres mi vida entera. —Y me cuelga.

No puedo engañarlo, me conoce y además de guapo es muy listo.

Tres horas más tarde...

Mi cocina se ha convertido en un campo de batalla.

Evidentemente, no he ido a comprar, y las consecuencias de esto son:

- Keanu cena un bocadillo de fuet.
- Uma, ensalada y tortilla a la francesa (tiene nueve años, dice que está gorda y cuida su alimentación).
- Chloé está sentada en su trona y cena puré de verduras que he descongelado: parece ser que, en un arranque de buena madre, un día —no recuerdo cuándo— hice el intento de ser organizada y congelé varios tuppers.

Diego todavía no ha llegado a casa y le odio por ello.

Diego trabaja hasta a las once de la noche.

Diego se libra de:

- Las meriendas.
- Las cenas.
- Los baños.
- Las lavadoras.
- Los deberes.
- El breakdance de Keanu.
- El taekwondo de Uma.
- La natación de Chloé.
- Los paseos de *Lola*.

Y encima tengo que aguantar que se ría de mí.

Estoy deseando que los niños acaben de cenar y se metan en la bendita cama. Necesito respirar y darme un baño relajante. Necesito una copa de vino y un polvazo de Diego.

—¡MAMIII! —Uma grita desesperada.

—¿Quéééééé? —le pregunto en el mismo tono, no para fastidiar, sino porque realmente estoy desesperada.

—¡Chloé me está tirando puré en el pelo! ¿Podrías comportarte como una madre adulta y ocuparte de que tu hija meta el puré donde debe meterlo? —Esa es mi hija: rubia, pecosa y madura hasta la médula.

Es increíble como una niña de nueve años puede hacerme sentir tan mala madre...

—¡Chloé, por favor, no le tires el puré a tu hermana! El puré se come, aaasííííííííí. —Me meto una cucharada de puré en la boca y comprendo por qué Chloé lo está tirando.

Chloé tiene dos años, es morena con el pelo rizado, tiene muchísimo carácter y me parece que en unos años nos va a llevar a todos firmes.

Acaban de cenar, los aseo, los acuesto, recojo la cocina, preparo la ropa que han de ponerse mañana, le pongo su comida a *Lola* e improviso un plato de pasta para Diego... Me siento.

Mis ganas de vino y polvo se han evaporado, las han sustituido las ganas de tener una asistenta, una canguro y que me den un masaje en los pies.

Tengo que tener una larga charla con Diego y dejarle claro que esto no puede seguir así. Necesito ayuda, colaboración y un domador de leones que me aconseje con los niños.

Cuando llega, yo ya estoy metida en la cama. Le oigo trastear en la cocina, no sé si hacerme la dormida o esperarlo despierta y charlar un rato con él.

Entra en la habitación con los vaqueros desabrochados y sin camiseta, está tan guapo... Mi mente me juega malas pasadas y olvido mi enfado para imaginármelo encima de mí, sudando y diciéndome esas guarradas que sabe que me ponen tan... ¡¡¡No, no caigas!!! ¡¡¡No te dejes deslumbrar por esos ojos negros y esa cara de *latin lover* italiano!!!

—Voy muy cansada, Diego, tienes que echarme una mano, trabajo toda la mañana y cuando llego a casa por la tarde no paro. —Evito decirle que me he tirado una hora mirando Instagram y Facebook, eso ya lo sabe—. Un día de estos me va a dar un colapso nervioso y te vas a quedar sin mí... ¡Ya lo verás!

—Ven aquí, bolita de queso, que te voy a relajar. —Sus manos suben por mi espalda y yo...

—Mmmmmm, nooo, paraaa, de verdad, estoy muy estresada y siento que ya solo soy madre.

Sonríe y me besa, su lengua está fría, como si acabara de beber algo helado, sus manos vuelven a la carga pero esta vez buscan mis pechos, me doy cuenta de que me está mirando fijamente, que busca una reacción que sabe que llegará de un momento a otro.

Son las 5.30 de la mañana, Beyoncé me despierta con su «Single Ladies» y me entran unas ganas terribles de romperle una pierna para que se calle.

Algo me pasa, hago cosas de las que luego me arrepiento. ¿En qué momento de mi vida decidí que era una persona enérgica y que como tal debo despertarme con Beyoncé?

Salto de la cama, no por energía, sino porque no quiero que Diego se despierte: ayer por la noche se portó tannnnnn bien que se merece un descanso.

¡¡¡Ya estoy otra vez!!! Se portó bien... ¿por qué? Creo recordar que lo único que hizo después de besarme las tetas fue ponerme encima de él para que yo terminara la faena; cosa que hice estupendamente y le proporcioné un orgasmo 10.

¿Necesita un descanso? ¿Porque me besó las tetas?

Por favoooorrrrrr.

Las 5.45 y ya gasto una mala leche que no es normal.

Entro a las siete a trabajar y tardo en llegar media hora en tren; por lo tanto, dispongo de media hora para ducharme, arreglarme, desayunar y salir de casa. Si no cojo el tren de las 6.20 llegaré tarde y no puedo. Llego tarde al trabajo tres días de los cinco que tiene la semana laboral.

Mis viajes en tren son maravillosos, tengo amigas de tren. Hay un grupo de cuatro señoras de entre cincuenta y ocho y sesenta y siete años que viajan todos los días en mi mismo vagón, y cuando yo subo ellas ya están allí y me guardan sitio para que no tenga que ir de pie.

Al entrar en él, las veo:

—¡¡¡Rebeccaaaaa!!! ¡¡¡Aquí!!! —La que grita es la señora Rosa, tiene sesenta y siete años, es rubia, pequeñita y tiene un cuerpazo que para mí lo querría yo—. Qué cara llevas, hija, ¿por qué no te has maquillado un poco?

—Voy maquillada, Rosa...

—Pues, reina, te pasas de discreta, porque no se nota nada...

La señora Rosa, tan sincera que a veces llega a ser hiriente y a mí me encanta, es mi amiga de tren y la quiero.

A ver, como ahora os voy a hablar de mis amigas de tren, voy a poneros sus datos, así no habrá líos y entenderéis perfectamente quién es quién.

Mis cuatro amigas son mayores, así que todas son señoras... ¿Vale?

SEÑORA ROSA: como ya os he dicho, es rubia y pequeñita, tiene sesenta y siete años (es la más mayor) y se mantiene en plena forma. Hace tai-chi en la playa, no tiene marido, ni hijos, ni apenas familia, solo una prima que vive en Banff, un pueblo de Canadá del que es alcaldesa. Es sincera, mordaz, lista como un zorro, poco cariñosa, y tiene la virtud o el defecto de decir todo lo que se le pasa por la cabeza sin antes filtrarlo. Se levanta todas las mañanas muy temprano y coge el tren para ir a un centro de salud, donde le están curando un cáncer de huesos. Yo la he acompañado un par de veces, pero no le gusta, prefiere hacerlo sola. Al principio me preocupaba muchísimo saber que estaba sola, sola en el centro médico y sola en la vida; pero, después de muchas conversaciones, entendí que estaba sola por decisión propia. En cuanto a nosotras, nos hemos convertido en amigas de verdad; a veces, después de tanto tiempo conociéndola, aún me sorprende lo mucho que la necesito. Ahora mi amiga está enferma y no se preocupa en absoluto por ello, lo único que lamenta es que se le caiga el pelo. La quiero. Es mi preferida.

SEÑORA ÁNGELA: tiene sesenta años y el pelo corto y moreno. Es madre, esposa y abuela de Abel y Camila. Es discreta y casi nunca opina, pero cuando lo hace nos deja a todas con la boca abierta por la sabiduría de sus palabras (es como el maestro de David Carradine en *Kung Fu*). Tiene una peluquería que regenta desde hace cuarenta años; era de su madre, pasó a ella y es probable que también pase a su hija. La quiero, es sabia y sabe tranquilizarme.

SEÑORA CARMEN: tiene sesenta y tres años, es alta, morena, con el pelo cortado a lo Cleopatra. Tiene cara de poni. Todo lo sabe: cualquier cosa que le cuentes, ella lo ha vivido antes. Tiene consejos para todo el mundo. Madre de dos hijos, esposa de un señor que se tira cinco días de la semana fuera de casa (según ella, por trabajo; según yo, porque no la aguanta). Trabaja cuidando a una anciana en casa de unos señores muy ricos. No la quiero y no la soporto.

SEÑORA ANA: cincuenta y ocho años, es la más joven, media melena castaña clara, siempre en coleta, despistada, graciosa, con gafas que siempre parece que se le van a caer aguantadas por una nariz que parece un pellizco. Bondadosa, generosa, amable... Es como una de las tres hadas de *La Bella Durmiente*. Esposa, madre de tres piezas. Trabaja limpiando un colegio y ayudando en el comedor. La quiero. La adoro.

Ellas cuatro se conocen porque son vecinas del mismo pueblo y a fuerza de verse se han hecho amigas.

—Es que ayer me acosté tarde. —No digo nada más, porque sinceramente no quiero entrar en detalles.

—Esperaste a tu marido, ¿no? —Rosa pone su cara de «eres tonta, chica».

—Sí, es mi marido, tengo ganas de verlo, ¿cuál es el problema? —No sé cómo me atrevo a contestarle, verás la que me cae.

—Uy, no, problema, ninguno, por lo menos para mí. Ahora bien, para ti me parece que sí, por lo menos es lo que dice tu cara, porque ni el maquillaje que dices que te has puesto te cubre esas ojeras.

Sé perfectamente a qué se refiere: ella piensa que hago demasiado por Diego y por los niños y muy poco por mí. He de reconocer que últimamente también yo lo pienso. Mis hijos son el motor de mi vida y Diego es mi gasolina, pero un coche tampoco puede funcionar sin embrague, carburador o ruedas, ¿o sí?

—Vale, cambiemos de tema: ¿qué te hacen hoy?

—Vaya, ¿te parece más interesante hablar de mi cáncer que de tus ojeras?

—Joder, Rosa... —Me hace sentir mal deliberadamente, la odio-quiero.

—Tranquila, corazón, no pasa nada, estoy de mal humor: esta mañana he descubierto pelos en mi cepillo, no estoy preparada para ponerme un fular (no soy Carolina de Mónaco) y me niego a ponerme una peluca, así que tú dirás... ¿Qué coño voy a hacer?

No sé por qué siempre llego tarde a todos los sitios.

Trabajo en un gimnasio, en un gran gimnasio.

Un gimnasio lleno de tíos musculosos y mujeres con cuerpos 10.

Hombres que me hacen bajar la cabeza, que hacen que me sienta pequeña.

Mujeres que me dan envidia y hacen que me sienta gorda, vieja y fea.

Trabajo en la recepción, soy —supuestamente— recepcionista, pero, en realidad, lo llevo todo, las altas, las bajas, los impagos, la publicidad, etcétera.

Mis jefes —porque son dos— son un matrimonio de pijos que no dan ni golpe: mientras el gimnasio esté limpio y las toallas sigan siendo blancas y mullidas... ¡todo va bien!

María Dolores es mi jefa; tiene cuarenta y dos años —aparenta doce—, es rubia, con mechas (ese tipo de mechas que solo consiguen las pijas), está musculada y delgada, tiene las tetas operadas más imponentes que he visto en la vida y la odio por ello. Se hace llamar Sophie —pronunciado «Sofííí», como si fuera francesa— y lleva muy oculto que nació en Escarabajosa de Cabezas (municipio de Segovia). Todo esto lo sé porque tengo en mi poder la fotocopia de su DNI.

Sofí no tiene problemas…, bueno, sí, tiene uno: yo. No encajo para nada en el gimnasio y sé que su sueño es echarme, pero no puede porque es una inútil gastadinero, comeapios y bebeinfusiones, y no sabe hacer la «o» con un canuto. Entré por casualidad, para una suplencia, porque la antigua recepcionista tuvo un esguince cervical haciendo snowboard del que no se recuperó nunca. Estoy segura de que fue una mentira: de lo que no se recuperó nunca fue de haber trabajado con la dietaadicta de Sofí.

El día de la entrevista y durante las tres semanas posteriores me convertí en Carmen Lomana y, para cuando Sofí se dio cuenta de quién era yo en realidad, me había hecho tan imprescindible que no podía echarme sin que su negocio se fuera a la mierda. Entre eso y que su marido me mira las tetas cada vez que me ve ha hecho que su odio hacia mí vaya *in crescendo*.

Carlos, mi jefe, tiene cincuenta y ocho años —aparenta noventa—, bajito, calvo, con barriga cervecera —imaginaos a un Dani de Vito a la española—; Carlos no se encarga de nada, montó el gimnasio para que su Sofííí tuviera algo que hacer y así no le reventara la tarjeta de crédito cada cuatro días.

El gimnasio tiene cuatro plantas, yo estoy en la primera.

Sofííí se acerca a mí con su pasito ligero y elegante.

—Rebecca, amor, deberías llamar a la lavandería y preguntar si han cambiado de suavizante, las toallas me huelen a jamón de York. Deberías también preparar un Kit Vip para Susana Echevarría, llegará hoy para la clase de pilates de las diez.

Para ella, no soy Rebecca, soy «Rebecca, amor».

—Sí, Sofííí, inmediatamente llamo a la lavandería, y el kit ya lo tengo preparado, cuando llegue se lo entrego. —Es mentira, no lo tengo, no he tenido tiempo; de todas maneras, lo que Sofííí llama «Kit Vip» es una toalla de las más blancas y esponjosas, un gorro de ducha y unas cremas hidratantes, así que no tardaré en hacerlo.

—Rebecca, amor, preferiría dárselo yo; no por nada, pero es que llevas una mancha verde en los vaqueros; además... ¿no crees que te quedan un poco ajustados? Rebecca, amor, deberías adelgazar un poquito, trabajas en un gimnasio exclusivo, ¡¡¡debes comprender que la imagen lo es todo!!!

Me quedo muerta y mi primera intención es darle una torta con la mano abierta en toda la cara. Mi segunda intención es decirle que quien tiene que adelgazar es su marido, que parece un cerdo asado con manzana en la boca incluida.

Evidentemente, logro serenarme, y no la mando a cagar, pero aun así le digo:

—Sofííí, amor, he parido tres veces, y la última hace menos de dos años, vivo en una casa rodeada de niños y Nutella, no tengo ni un duro para comprarme modelitos cada dos por tres y estos vaqueros probablemente tengan más de diez años. Por otra parte, Sofííí, amor, comprendo perfectamente que quieras darle en persona el kit a Susana: sé de buena tinta que compartís cirujano.

Su cara es un poema, pero es que estoy harta ya de esos comentarios tan ofensivos.

Me doy media vuelta y, muy dignamente e imitando sus andares, me dirijo a la puerta del vestuario de mujeres.

Estoy mirándome al espejo: la verdad es que lo que veo no me gusta nada.

Ha llegado la hora de deciros quién soy y qué es lo que se ve cuando se me mira de arriba abajo.

Soy Rebecca, tengo treinta y ocho años, mido un metro sesenta y cuatro y, hoy por hoy y después de tres embarazos, peso setenta y cinco kilos. A pesar de estar pasada de peso, estoy, como dice mi madre, *apretá*; que no se me ve fofa, vamos...

Mi pecho es enorme (he salido a mi abuela Paca).

Mis caderas son redondas y últimamente mi pandero tiene el tamaño de Asia.

Mi pelo es entre rubio y pelirrojo, rizado, y lo llevo por la mandíbula.

Mis ojos son verdes y tengo pecas.

Me casé con mi primer amor, Diego, y llevamos juntos veinte años.

Si tuviera que definirme en tres palabras, estas serían: redonda, inquieta y superviviente.

Aquí estoy, delante del espejo del vestuario de mujeres, intentando descubrir qué quiere decir Sofííí Amor cuando apunta que quizá debería adelgazar y cuidar mi imagen.

Es evidente.

Llevo unos vaqueros viejos que en su día fueron negros y en la mitad de la pernera derecha hay una mancha verde y seca (puré de verduras), llevo un jersey gris, que no recuerdo haber comprado, y si fuera marrón podría pasar perfectamente por un saco de patatas. Los pantalones me aprietan tanto que me cortan la barriga, y eso hace que me salga un michelín que se junta con mis tetas. El efecto es horrible.

Llevo calzado deportivo, unas Stan Smith blancas, peladas por la punta y con los cordones grises de tanto uso.

Mi pelo parece un nido de gorriones y mis ojeras no son ojeras: son dos bolsas de pan debajo de mis ojos.

¡¿Cómo he podido salir de casa así?!

Me van a despedir, seguro. ¡Vaya pinta que tengo! ¡Qué gorda estoy! ¡Qué cabeza!

Tengo ganas de llorar, necesito saber cuándo fue el día en que decidí pasar de mí de esta manera, no me siento yo y quiero encontrarme.

El reflejo del espejo hace que vea unas toallas detrás de mí y eso me recuerda que tengo que preparar el Kit Vip de Susana Echevarría; por lo tanto, aparco mi momentánea depresión y me pongo en marcha.

2

A las 12.40 (con dos horas y cuarenta minutos de retraso) llega Susana Echevarría. Me quedo sin aliento cuando la veo entrar en la recepción: ¡es Cruella de Vil! No puedo dejar de imaginármela despellejando 101 dálmatas, pero he de intentarlo.

Es alta con una figura impresionante, y debe de tener entre diez años y setenta, no sabría decir.

Su pelo negro brilla y cae perfecto sobre sus hombros, tiene una mirada desafiante e irradia seguridad por los cuatro costados. Lleva un traje de chaqueta negro que debe de costar mi sueldo de un año y unos zapatos rojos que si me los pongo yo duro viva tres segundos, empiezo a pensar que son esos tacones con los que mata a los perritos... ¡seguro!

Susana Echevarría es directora de una empresa de cosméticos muy importante, es famosa y se codea con gente guay, con gente que yo veo por la tele y que tienen vidas maravillosas.

Sofííí, a su lado, parece una pueblerina; cuando le entrega el Kit Vip, Susana lo coge sin apenas mirarlo, no da las gracias y le pide que le indique dónde están los vestuarios.

Sofííí tiene una actitud tan servil que me da hasta pena.

Cuando pasan por mi lado, Susana me mira directamente a los ojos, se queda dos segundos y acto seguido desvía su mirada a mi mancha de puré, vuelve a mis ojos y los suyos parece que me digan «Nena, qué desastre». Le devuelvo la mirada y esta vez son mis ojos los que le dicen «Es lo que hay, bruja, y no me jodas mucho porque te pondré todas las toallas rasposas que encuentre».

Me da la sensación de que lo ha captado y me parece haber visto un atisbo de sonrisa en sus perfectos y crueles labios.

Es la hora del almuerzo, voy a buscar a Manuel.

Manuel es mi compañero de trabajo, mi amigo y, si no fuera gay, probablemente mi amante.

Manuel es un pedazo de hombre, mide un metro noventa y cinco y tiene unos ojos azules enormes. Es sevillano, cabezón, absurdamente sincero y, aunque va de duro, es una de las personas más buenas y sensibles que conozco.

Nuestro deporte favorito es despellejar a Sofííí.

—Hola, Manu, ¿estoy gorda? —Mi pregunta le pilla desprevenido y veo en su cara que no quiere hacerme daño.

—A ver, gorda estás, pero divina también. —Me lo ha soltado así, sin más; sé que sufre una incapacidad de suavizar respuestas, por lo que adoro el esfuerzo que ha hecho.

—Sofí me ha dicho que debería cuidar mi imagen y la perra del infierno de Susana Echevarría me ha mirado de una manera tan feroz que se me han empitonado los pezones. ¿Qué hago, Manu? ¿Por qué Diego no me ha dicho nada? ¿Por qué no me he dado cuenta? ¿Crees que tengo arreglo? ¿Debería ir a un endocrino?

—Por partes, vamos por partes. Sofííí está obsesionada

con la imagen, con la de todo el mundo, menos con la de su marido. Susana Echevarría es perfecta, es todo lo que yo quiero ser: zorra, despiadada y con las caderas anchas; es una mujer a la que envidio con toda mi alma, así que no me hagas ponerla verde porque no puedo, va en contra de mi religión. Lo que tienes que hacer es ponerte a dieta y tomarte unas horas a la semana para ti, peluquería, estética y cositas de esas. Diego no te ha dicho nada porque es un capullo egoísta por muy bueno que esté. No te has dado cuenta porque no te miras, porque has dejado de existir para ti misma. Por supuesto que tienes arreglo, eres preciosa, solo tienes cien kilos de más, y no, no creo que debas ir a un endocrino, debes aflojar con los Donettes, punto.

Me lo ha dicho todo seguido, sin respirar. Me quedo mirándolo embobada e intentando digerirlo todo.

—Diego será un capullo egoísta, pero tú vas por el mismo camino, porque tampoco me habías dicho nada y se supone que los mejores amigos dicen esas cosas...

—¿Perdooooooonaaaaaa? ¿Que los mejores amigos están para decir esas coooosaaasss? Madre mía, qué equivocada estás, para eso están las madres; los amigos están para decirte que la ropa te queda bien, cuando te queda como un mojón, para criticar a tu pareja y mimar a tus hijos; vamos, ¡¡¡de toda la vida de Dios!!! A ver, Rebecca de mi alma, despierta ya, chica, ¡¡¡que la vida es dura!!!

Ya he tenido bastante por hoy, me levanto y me voy. Manuel me mira y me dice:

—¿Ves como los amigos no pueden ser sinceros? Qué asca de vida... ¿*Pa* qué preguntas *na*, coño?

—Asca de vida, no: zasca de vida, que en cuanto te descuidas... ¡¡¡ZASCA, en toda la boca!!!

—Venga, tonta, no te enfades, eres maravillosa y si adel-gazaras cien kilos podrías ser «modela».

Me tengo que reír, me hace muchísima gracia cuando cambia la última letra para convertir las palabras en feme-nino. Me acuerdo de que el otro día me preguntó: «¿Crees que si me follo al jefe me hará directora generala?»

Me voy riendo al bar. La divina de Sofí tuvo la mara-villosa idea de llamarlo One Water Please, la tía está muy orgullosa de ello.

Sheila es la camarera, es exquisitamente malhumorada, maníaca de la limpieza y se tira todo el día renegando ab-solutamente de todo.

Está limpiando la barra, que está limpia como una patena.

—Hola, Sheila, ¿cómo va la mañana?

—De puta pena, hija, yo no entiendo por qué coño hay un bar en este gimnasio, han venido dos personas en todo el día; y una de ellas, para que le diera cambio. ¿Me puedes decir para qué coño quiere cambio en un gimnasio?

—¿Y qué más te da? Si a ti te pagan igual.

—Me consumo, hija, todo el día limpiando... El otro día llegué a casa y te juro que me olían las bragas a Sa-nitol.

—Pues no limpies, chica, que está todo brillante.

—¿Y qué coño hago entonces? ¿Me quedo aquí miran-do a la pava de Sofí? ¿Tú sabes que se tira el día abriendo y cerrando las neveras? Me pongo de una mala leche que no veas, todas las huellas me deja la tía.

—Está loca, hoy me ha llamado gorda.

—¿Qué? ¿Y no le has dicho nada? Es que la mato, ten-drá poca vergüenza. Que se preocupe de sus bragas, que eso sí que tiene tela...

Ups... Se masca la tragedia, Sheila no da puntada sin hilo, así que...

—¿Qué les pasa a las bragas de Sofí?

En ese momento entran dos chicas, se sientan en la barra y piden un Aquarius cada una.

—Te lo cuento otro día, que aquí las nenas son del grupito de la susodicha.

Me fijo en ellas y me doy cuenta de que son Carla y Helen, dos amigas de Sofí, que son más malas que la tiña.

Carla es una morena delgada como una espiga y con un culo que a mí me parece que es de otra persona, porque no va con su cuerpo. Es una de esas personas que se te quedan mirando de arriba abajo para ver lo que llevas puesto, y tiene una de esas caras afiladas que te caen mal desde el primer momento. Es pesadísima y cree que las personas que trabajamos en el gimnasio somos sus sirvientes.

Helen es tonta, no tiene ni voz ni voto y es el perrito faldero de Carla.

—Vale, Sheila, ya hablamos más tarde —le digo.

En ese momento, Carla que me ha oído, se gira, hace su radiografía a mi cuerpo y me dice:

—Ah, mira qué bien que estés aquí, llevamos un rato buscándote, ¿verdad, He? —Pero suena «Ge».

La manía que tienen los pijos de acortarse el nombre...

—Sí, un rato ya. —Esta frase tan contundente sale de la boca de «Ge».

—Pues ya me has encontrado, ¿en qué te puedo ayudar?

Se me queda mirando con una cara que no sé ni cómo describir. No sé por qué me odia tanto, pero noto su desprecio en todos los poros de mi piel.

—Bájame toallas al vestuario.

Se gira y da un sorbito a su Aquarius y la sinsustancia de Helen hace exactamente lo mismo.

Me voy, me voy porque si me quedo le meto el vaso por su reverendo culo.

Voy a perder el tren, lo tengo claro: a última hora, siempre hay un gilipollas que hace que me retrase en la salida del curro.

Cuando llego a la estación, el tren está en el andén, corro hacia las puertas que están abiertas, derribo a una chica que se nota que no tiene prisa y salto un carro de la compra que ha dejado una mujer justo enfrente de la puerta que tengo más cerca. ¡Estoy dentro!

Suena el teléfono, el WhatsApp: joder, tengo el teléfono dentro del bolso, estoy de pie entre dos adolescentes que utilizan el teléfono para escuchar reguetón, llevan la gorra apoyada en la cabeza y los pantalones por debajo del culo, no entiendo cómo pueden caminar.

Otro whatsapp. Empiezo a sacar cosas del bolso, que es enorme. Lo que voy sacando lo apoyo entre mi barbilla y mi esternón:

- Monedero.
- Neceser de maquillaje.
- Agenda.

Otro whatsapp.

- Libro que me estoy leyendo (*La noche soñada*, de Màxim Huerta).
- Paquete de folios que he cogido del trabajo para Uma.
- Neceser de medicinas.

Otro whatsapp.

Bien, tengo el teléfono. Empiezo a cargar de nuevo el bolso y, cuando he terminado, lo dejo entre mis piernas.

> Hola, Rebi!!!
> 15.38

> Estássssss??????
> 15.38

Es Janet.

> Holaaaaaaaaaaaa
> 15.39

> NENAAAAAA
> 15.39

>> Sí estoy, qué pasa?
>> 15.40

> Ufffffffff, qué borde!
> 15.40

>> Nooo, cansada, me levanto a las 5! 15.40

Vale, que sí, calla y lee: la Guarraquetecagas ha adoptado una oveja!
15.41

15.41

Te lo juro, se la ha llevado al campo y por las fotos que está colgando le está montando una suite con vestidor y todo!!! Tú crees que una oveja necesita un espejo?
15.42

Me meooo!!! Está pirada del todo!!! Jajajajajajá
15.42

Nos vemos esta tarde?
15.42

Qué día es hoy?
15.42

Hummmmmm, jueves...
15.42

Los niños no tienen nada, pero Diego tiene el día libre y se va al pádel.
15.43

¿Otra vez? Se folla a alguien fijo...
15.43

Calla, zorrón, vente para mi casa y nos tomamos un café. Te apetece?
15.43

Meto el teléfono de nuevo en el bolso. Me siento observada: me doy cuenta de que una adolescente de melena brillante y vestida con una falda que debe de medir tres centímetros y que está sentada cerca de donde yo me encuentro mira mi barriga y me hace gestos raros.

Bajo la vista para ver si la mancha de puré ha crecido y ahora ocupa medio cuerpo; pero no, todo sigue igual. La adolescente loca se levanta y un señor va a ocupar su sitio, pero ella le para y le dice:

—No, me he levantado para dejar sentar a esa señora que está embarazada.

¡Me cago en todo: la señora embarazada soy yo! ¡Bruja anoréxica, yo he parido tres veces! ¡Y tengo treinta y ocho años! ¡Tú tienes seis y ya se te nota algo de celulitis! ¡No estoy embarazadaaaaaa! ¡Estoy un poco pasadita de peso! Estoy a punto de chillarle todo esto cuando me doy cuenta de lo cansadísima que estoy y lo bien que me vendría sentarme.

—Gracias, bonita, ¡el embarazo agota!

¡A tomar por el culo! Soy una gorda aprovechada... ¿y qué?

3

Janet se acaba de ir, Andrea sigue aquí.

Andrea (todos la llamamos Andy) es mi amiga/vecina.

Nos conocimos en la puerta del cole de nuestros hijos, su hija Iem tiene la misma edad que Keanu y a nosotras nos gusta fantasear con la idea de que algún día nos harán consuegras.

Cuando he llegado a casa esta tarde, ella ya estaba en la cocina haciendo café, tiene llaves y decide cuándo entra y cuándo sale; simplemente pega un grito desde la puerta (una vez dentro): «¡Vestíos, que está aquí la tita Andy!»

Seguimos en la cocina, Andy está fregando las tazas del café y mis tres hijos están en la habitación jugando a la Wii.

—Deja eso, ya lo hago yo luego. —Estoy sentada fumándome un cigarrillo mientras ella friega mis cacharros y claro... no es plan.

—Venga, hombre, que nos conocemos: mañana por la mañana esto sigue aquí con los platos de la cena.

Es increíble la imagen que tienen de mí mis amigas. Me callo, no pienso discutir: si quiere fregar, que friegue.

—Me dijiste ayer que Diego tenía el día libre hoy, ¿no?
—Tira a matar y ya sé por dónde va.

—Sí, ¿por? —¡Empecemos!

—Porque no lo veo por aquí.

—Claro, porque no está.

—Sí, lo supongo, no lo veo capaz de meterse en el armario toda la puta tarde. ¿Dónde está?

—Ha ido a jugar al pádel con algunos compañeros de trabajo. ¿Supone para ti algún problema?

—Para mí, no, ¿y para ti?

—Andy, sé por dónde vas, vas a soltarme el rollo de siempre: que no me ayuda, que es un egoísta, que cada vez que tiene el día libre se larga... Sorpréndeme y dime algo que no me hayas dicho ya. —Empiezo a estar harta de que todo el mundo opine de Diego, la culpa es mía por contarlo todo.

—Me jode que vayas todo el día de culo y me jode que no se dé cuenta, me jode que no te agradezca nada y que nunca tenga un puto detalle contigo. Además, creo sinceramente que te toma el pelo.

—Vete a la mierda, Andy.

—Si lo que quieres es que sea una falsa, lo seré, pero te hace bien que alguien te diga las cositas claras. Te quiero, por eso te lo digo, pero, si no quieres oírlo, no te lo diré más. No te enfades... ¿Vale?

—Vale. —Pero ¿no era que los amigos no estaban para decir la verdad? Tengo que llamar a Manu y decirle que se meta sus teorías por el culo—. ¿Qué vas a hacer ahora? ¿Te quedas a cenar? —Sé que no lo hace para hacerme daño, sé que le preocupa mi felicidad y además no puedo enfadarme con ella, es una de mis mejores amigas/vecinas.

—No puedo, quiero estar a las nueve en casa, Carlos se ha ido a hacer *running* y quiero liársela un rato, estoy hasta el mismísimo coño de su *running*; es adicto y creo que hasta que no me diga «Hola, mi nombre es Carlos y soy adicto al *running*» no voy a parar.

—Muy bien, la verdad es que creo que se pasa. Además está flaquísimo, en vez de su mujer pareces su madre... —¿No quiere verdades? ¡¡¡Pues toma un par!!!

—Sí, nena, qué me vas a contar... El otro día, en pleno polvo, se puso encima de mí y tuve que quitarlo rápidamente, ¡¡¡porque me estaba clavando su cadera con tal intensidad que me hizo hasta una marca!!! —Me enseña la barriga y veo una zona que está amarilla, se nota que antes era morada pero que ya está en fase de desaparición.

Son las diez de la noche y los niños están ya acostados, Diego no ha llegado y la verdad es que no lo veo normal. Cuando he llegado a casa después de trabajar ya no estaba; por lo tanto, se ha ido antes de las tres y media. ¿Siete horas jugando al pádel? Me parece un abuso y empiezo a estar enfadada.

Mira que si me la está pegando... Mira que si Andrea tiene razón...

Empiezo a tener visiones de Diego, sudando encima de alguna camarera de su trabajo, alguna guarrilla de veinte años, con el pelo liso y una talla 14 del Zara Kids.

Me sudan las manos, estoy nerviosa. Tengo que pensar en otra cosa. Voy a preparar la ropa que llevaré mañana al trabajo, así evitaré que la zorra de Sofí se meta conmigo.

Me miro en el espejo.

Madremiademialma... ¿por qué no puedo adelgazar? ¿Por qué no puedo ser la Kate Moss de mi pueblo? ¿Por qué no puedo ser una flaca de treinta kilos y tener un margen de cuarenta para engordar y comer lo que realmente me dé la gana?

Voy presumiendo, alardeando y, lo que es peor, proclamando a los cuatro vientos «¡Que vivan las curvas!» y en realidad lo que quiero es tener el cuerpo de una *celebrity* del *Cuore*...

Voy a la habitación y empiezo a elegir *looks* (mi mente se llena de imágenes de *Pretty Woman*).

Vale, abro el armario y empiezo mi selección:

1.ª ELECCIÓN: un pantalón vaquero pitillo (malditos sean), una camisa de seda (o no... no sé) roja, vaporosa y con ese tipo de caída maravillosa, taconazos y chaquetita *baby doll*.

1.ª CONSECUENCIA: parezco un chorizo. La camisa se ajusta al pecho y se me abre un botón, se me sube por el volumen y eso deja al descubierto la tripa, que con los pantalones que me aprietan tiene una forma como de caca del WhatsApp (la que se ríe).

2.ª ELECCIÓN: vestido negro estrecho (¿a quién se le ocurre?), medias negras y bailarinas rojas, para complementar con un abrigo de paño rojo.

2.ª CONSECUENCIA: se me marca la cinturilla de las medias haciendo otra vez el efecto caca del WhatsApp. Mis piernas con las bailarinas parecen dos troncos. El abrigo se me ajusta en los brazos y parezco mi abuela Paca.

3.ª ELECCIÓN: pantalón verde militar ancho (rollo Meg Ryan en *French Kiss*), camiseta negra medio ajustada con unas letras del mismo verde, americana negra y unas botas Dr. Martens de Keanu.

3.ª CONSECUENCIA: el pantalón me queda ancho por las piernas y ajustado por la barriga, la camiseta es tan estrecha que las letras se estiran y se cuartean. La americana no cierra.

Pego un grito: AHHHHHHHHHHHHHHHHHHHHHH HHHHHHHHHHH.

Voy a ducharme a ver si consigo relajarme.

Cuando salgo de la ducha —que me ha servido solo para recordarme que tengo la barriga fofa y llena de estrías—, Diego todavía no ha llegado.

Me pongo una camiseta de propaganda de una marca de neumáticos, no tengo idea de dónde ha salido, pero recuerdo que forma parte de mi vestuario desde hace bastante tiempo; no me pongo nada más, la casa está calentita. ¡¡¡Busco unos calcetines gruesos y lista!!! Tengo el superpoder de convertir en pijama la camiseta que me dé la gana.

Son las once, Diego no ha llegado.

Voy a enviarle un whatsapp.

Última conexión 22.18

¿Perdonaaaa? O sea, tiempo para enviarle un whats a alguien hace una hora sí que has tenido, pero no para mandarle uno a tu mujer...

Me vuelven a sudar las manos.

Me pica todo, estoy sentada en el sofá y me pica todo. Los nervios me están matando.

Dónde estás???   23.06

Holaaa???   23.08

Es increíble, te has ido
a las 15, son las 23...
Dónde coño estás?
   23.14

Hace una hora sí que
te enterabas, porque
tu última conex ha sido
las 22...   23.14

No vas a decir nada?
   23.17

Ok, me voy a la cama,
me levanto a las 5.
Hasta mañana. Mañana
hablamos... o no... quizá
no. Disfruta de lo que
quiera que estés
haciendo.   00.04

Me meto en la cama con un cabreo de tres kilos; este se va a enterar.

4

«All the single ladies (All the single ladies)
All the single ladies (All the single ladies)
All the single ladies (All the single ladies)
All the single ladies
Now put your hands up
Up in the club, we just broke up
I'm doing my own little thing...»

Beyoncé es una maleducada, lleva como dos minutos gritándome al oído, son las cinco y media de la mañana. Tengo que quitarme el dichoso tono de la alarma, porque estoy segura de que si algún día el destino me pone enfrente a Beyoncé la mataré de una pedrada.

Diego está a mi lado, duerme como un niño, no tengo ni idea de a qué hora volvió ayer, mi primer impulso es tirarle del pelo, no lo hago, miro su perfil.

DIEGO
Su pelo es castaño oscuro, en verano las puntas le cogen un tono avellana, que ya lo quisiera para ella Cindy Crawford. Lo lleva largo, no por moda sino por descuido,

le cae por la frente como si fuera un componente de los Beatles.

Sus ojos son de color chocolate, grandes, rasgados, con pestañas largas, espesas y rizadas.

Tiene los pómulos altos y marcados, mandíbula fuerte, boca ancha, labios gruesos y mullidos (así deberían ser las toallas del gimnasio).

Su nariz es recta. Su nariz es perfecta.

Está durmiendo de lado y puedo ver su hombro izquierdo, no puedo evitar acariciárselo con la yema de los dedos.

No: ¡¡¡estoy muy mosqueada!!!

Me levanto y empiezo a prepararme para marchar. Voy a perder el tren, pero no quiero hacer nada por evitarlo, no me apetece enfrentarme con mis amigas de tren.

Después de todo el *show room* que monté ayer en casa, al final me he puesto unos *leggings* negros y un jersey ancho negro de punto con un número 76 bordado en blanco detrás, imitando una camiseta de baloncesto.

Elijo como calzado las botas Dr. Martens de Keanu.

No sé qué voy hacer con mi pelo, es indomable, acabo haciéndome una coleta mal hecha. Debería ir a la pelu; sí, creo que hoy iré.

Me maquillo levemente y decido prepararme una taza de café, le mando un whats a Manu y le pido que abra él, que voy a llegar tarde.

Me siento a tomarme el café y me dedico a pensar en lo que voy a decirle a mi marido cuando hable con él.

Diego y yo somos novios desde el instituto; antes de casarnos y madurar, nuestra relación consistía en cuatro días juntos y seis separados. Lo dejábamos por todo: que si has mirado a aquella guarra, que si tú sonríes a Pepe de Segundo A, que si no me has felicitado por mi cumple, que si te has olvidado que es nuestro cumple-mes..., todo era motivo de ruptura. Después de varios años de idas y venidas y tras darnos cuenta de que no podíamos estar el uno sin el otro, decidimos dar un paso adelante e irnos a vivir juntos. Los dos primeros años de convivencia fueron increíbles, nos tirábamos todo el día discutiendo para luego reconciliarnos en la cama.

Me doy cuenta de que todos nuestros problemas los hemos superado igual, con un polvazo. Diego y yo siempre hemos tenido un sexo increíble, nos complementamos, nos conocemos y no tenemos ningún tipo de vergüenza o tabú cuando estamos en posición horizontal.

Diego estudiaba para ser chef y yo trabajaba en lo que salía. Cuando él terminó sus estudios se colocó en el restaurante de un hotel de la costa, donde aún sigue trabajando después de diecisiete años (es un chef maravilloso que nunca cocina en casa).

Con el trabajo de Diego vino la estabilidad y empezamos a sentar cabeza.

Luego llegó Keanu; más tarde, Uma, y después... Chloé. Forzosamente las cosas tenían que cambiar, pero no fue así: nuestra vida sexual no se vio perjudicada en nada. Llegaron otros problemas, otros temas de discusión, pero, como siempre, los solucionamos sudando el uno encima del otro.

Ayer no, ayer no hubo polvo de reconciliación, claro que tampoco hubo discusión. Mierda, estoy cabreada y Diego sabe que lo estoy, ¡¡¡me conoce, joder!!! ¿Por qué coño no se acercó a mí anoche? ¿Qué pasa? ¿Venía ya follado?

Me vuelve a picar todo.

Me levanto del sofá, cojo mi bolso y me marcho a trabajar.

Cuando llego al gimnasio son las 7.52, Manu ha abierto y está en la recepción dándole toallas a un tipo que debe de medir dos metros.

Tengo un mal día y no quiero exponerme a las opiniones de nadie, por eso entro en la recepción y me siento rápidamente en el ordenador.

—Buenos días, bruja, ¿qué te ha pasado? —Empieza el interrogatorio.

—Chloé ha tenido una noche horrible, no he pegado ojo y se me han pegado las sábanas. —Soy rápida, tengo una mente maravillosa que responde a la perfección cuando tengo que inventar. Es herencia de mi padre.

—Pero ¿Diego no tenía ayer el día libre?

—¿Y qué coño tiene que ver eso? ¿Qué pasa?, ¿que si Diego está en casa Chloé no se pone mala? ¿Los mocos son selectivos y deciden a quién quieren joder la noche? —le contesto, mirándolo a los ojos y ladeando la cabeza, como hacen los macarras de la tele.

—Tú eres tonta, hija; lo digo porque si estaba él, se podía haber hecho cargo de la peque y tú descansar, pero veo que aparte de mocos hay mala leche. —No espera que le responda, se marcha y da un portazo.

Sé que debería pedir disculpas, pero no lo hago, todavía no, quiero quedarme a solas y cotillear el WhatsApp de Diego.

Su última conexión fue a las 3.35, estoy que echo fuego, voy a llamarle por teléfono.

—¿Síii? —Me contesta con voz de dormido, todavía está en la cama y sabe que tiene que llevar a las niñas al colegio y antes pasear a *Lola*. Keanu va solo al instituto.

—Sí... ¿qué? —Utilizo mi tono de «¡Te vas a cagar, chico!».

—¿Eing? —No se entera de nada.

—¿«Eing» es todo lo que se te ocurre decir? —Me tiene eléctrica perdida.

—¿Rebecca?

¿¿¿Cómo puede preguntar eso??? ¿¿¿Quién va a ser si no??? Ay Dios, ay Dios, ¡¡¡me la está pegando con otraaaaaa!!!

—Pero tú, ¿de qué coño vas? Por supuesto que soy Rebecca, tu mujer, ¡¡¡la misma desde hace veinte años!!! ¿O es que tienes más de una? ¿¿¿Te llaman muchas mujeres a las ocho de la mañanaaaaaa??? —Estoy descontrolada y la rabia empieza a salirme por las orejas.

—Pero qué gritos... ¿Qué te pasa, quesito? Estoy dormido, no sabes lo que me pasó anoche, así que no te enfades, terroncito de azúcar...

—¿Cómo voy a saberlo? ¿Es que acaso me llamaste para decírmelo? Mira, no me cuentes nada, no quiero oír historias, solo llamo para que te pongas en pie, mis hijas no tienen que llegar tarde porque su padre sea un putero y se fuera de fiesta anoche. —Cuando me enfado con él, nuestros hijos ya no son suyos, son MIS hijos.

—Caramelito, estás desvariando, déjame que te explique. —Mis gritos han hecho efecto, está suave como un guante.

—¡Que no quiero saber nada! ¡¡¡Levanta a las niñas YAAAA!!! ¡¡¡Y saca a la perra antes!!! ¡¡¡Y cuando tengas tiempo, te metes el quesito, el terroncito de azúcar y el caramelito por el culo!!! —Cuelgo. No tengo nada más que decir.

El día en el curro se me hace eterno, a las once y media hace su aparición estelar Susana Echevarría, y me pide —me pide, no, me exige— que le dé los horarios de las clases de pilates.

Sin mirarla, le contesto que los horarios están colgados y que en recepción hay unos trípticos de bolsillo donde los indica con mucha claridad. Se da la vuelta rápidamente con sus tacones de kilómetro y cuando la miro me parece ver —otra vez— que está sonriendo.

Sofí me llama para que vaya a su despacho aproximadamente once veces durante la mañana, para decirme once tonterías.

De verdad que cada día esta mujer está peor.

Detallo lista de gilipolleces:

1. Rebecca, amor, ¿has hablado con la tintorería? Hoy las toallas huelen a espárrago.
2. Rebecca, amor, ¿ha llegado ya Susana Echevarría?
3. Rebecca, amor, ¿ha llegado ya Susana Echevarría?
4. Rebecca, amor, ¿ha llegado ya Susana Echevarría?

La tercera vez que me lo pregunta exploto y le digo que por favor no me haga subir dos plantas cuando puede preguntármelo por teléfono, a lo que la muy zorra me contesta que las escaleras van muy bien para poner duro «ese culete fofo que tengo olvidadito».

5. Rebecca, amor, ¿cómo se pone la @ para enviar un mail?
6. Rebecca, amor, dile a Sheila que de vez en cuando sonría a nuestros clientes, últimamente he tenido quejas.

Ya sé yo cuántas quejas ha tenido, dos para ser exactas: de Carla Culoinfernal y Helen la Mujer Eco.

7. Rebecca, amor, he visto a Susana entrar en el vestuario, ¿por qué no me has avisado?
8. Rebecca, amor, acuérdate de llamar a la tintorería.
9. Rebecca, amor, ¿cómo era lo de la @?
10. Rebecca, amor, no llames a la tintorería, voy a buscar otra.
11. Rebecca, amor, busca otra tintorería.

Me lleva a un nivel de estrés que no sé ni dónde estoy, creo que si me llama otra vez, me hace subir dos plantas y me pregunta otra gilipollez me pondré a llorar; lloraré tanto que me oirá mi madre desde su casa, vendrá y le pegará un sopapo con una pamela gigante que acabará de comprar a un precio de risa.

A la hora del almuerzo voy a buscar a Manuel y le pido perdón por mi mala leche, pero no entro en detalles. Acepta mis disculpas y como castigo tengo que enseñarle las tetas y dejárselas sobar un poco. Le encanta tocar tetas y, claro, no tiene muchas oportunidades.

Diego no me llama en toda la mañana y mi cabreo va en aumento.

Por la tarde voy a buscar a las niñas al colegio y llevo a Chloé a natación y paseo a *Lola*.

Uma tiene un mal día, se ha peleado con su amiga María y me está explicando sus motivos, que son tan sensatos que me asusto. Creo que está poseída por un catedrático en Filosofía y necesita un exorcista.

Cuando llegamos a casa, son las ocho de la tarde. Diego todavía no me ha llamado: perro del infierno, ya lo pagarás.

Keanu está encerrado en su habitación con U2 a todo volumen —tiene el gusto musical de su madre— y cuando intento abrir su puerta me la encuentro cerrada desde dentro.

—¡¿Hola?! ¡¿Qué haces?! ¡¡¡¿Por qué cierras la puerta con pestillo?!!! —grito.

—¿Mamá?

Me *cagoentó*, otro que se ha olvidado de mi voz... ¿Qué coño está pasando con los hombres de mi familia?

—Sí, tu madre. Abre la puerta.

No puedo oír lo que hace por culpa de la música.

—Ya voyyyyyy. —¡Ajááá, está nervioso!

Espero, espero, espero, espero y cuando me canso...

—¡QUIERES ABRIR LA PUERTAAAAAA DE UNA VEZ! ¿QUÉ COÑO HACESSSSSS? —Me da miedo que esté fumando o jugando al póquer *online* o... ¡Ay, Dios mío! ¿Que se está haciendo una paja o qué?

—¿Es necesario que digas palabrotas, mamá? —me dice Uma con una voz de autosuficiencia que me pone de los nervios.

—¡Oño! —dice Chloé—. ¡¡¡Mamá oñooooo!!!

—¿¿¿Lo ves??? Tienes que evitar ese lenguaje delante de los niños... —Me lo dice y pone los ojos en blanco.

—Uma, por favor, no hagas de Doña Croqueta y com-

pórtate como una niña de nueve años. —Se lo digo seña-
lándola con el dedo en forma de amenaza.

Ella me mira con los ojos entrecerrados y contesta:

—Lo haré, mamá, pero, por favor, tú compórtate como
una mujer de treinta y ocho. —Coge de la mano a Chloé y
se van por el pasillo.

—Oño. ¡¡¡OÑOOOOOO!!!

Madre mía, se me acumula la faena, luego me encarga-
ré de Uma, lo que tengo entre manos es más importante;
mejor dicho, lo que Keanu tiene entre manos.

En ese momento se abre la puerta de la habitación.

—¿Se puede saber qué hacías? —Pongo las manos en
jarras, como Peter Pan, y espero una contestación rápida.

—Joder, mami, ¿qué pasa? ¿Estás enfadada y lo vas a
pagar conmigo o qué?

—¿Has dicho «joder»? ¿Haaasss diiichooo «jooodeerrr»?
¡¡¡Pero bueno!!! ¿De dónde has sacado esa boca tan sucia, joderrrrrr?

—¡He dicho «jopé»! ¡¡¡J-O-P-É!!! ¡¡¡Eso no es una pa-
labrota!!!

—¡¡¡Joder, qué estrés!!! Solo quiero saber qué estás
haciendo. ¿Es tan difícil contestarme? —Estoy tan mosqueada que ya no sé ni por qué estoy gritando.

—Mami, estoy probando pasos de baile, mañana tengo
un solo en la academia. —Su cara me dice a gritos que es
culpable, pero, como sé que no voy a sacar nada, decido
dejarlo.

—No cierres con pestillo, ¡y no vuelvas a decir «joder»!
¡¡¡Parece mentira que tengas que ser tan mal hablado, joderrrrr!!!

En las siguientes dos horas:

- Baño a las niñas.
- Me peleo con Keanu para que se duche, maldita adolescencia que los vuelve guarros perdidos.
- Hago la cena.
- Me tiro media hora para que Chloé se coma un plato de sopa.
- Vuelvo a bañar a Chloé, que se ha tirado el plato de sopa por la cabeza cuando yo chafardeaba la última conexión de Diego en el WhatsApp.
- Pongo comida y agua para *Lola*.
- Preparo la ropa de las niñas para mañana.
- Recojo la cocina.
- Acuesto a los niños.
- Entro cuatro veces en la habitación de Keanu para intentar pillarlo con las manos en la «masa».
- Me ducho y por fin me siento en el sofá.

A las 23.45 llega Diego. Yo estoy en el sofá con los picores de la muerte y rascándome como una loca. Mi perrita *Lola* me mira fijamente y a mí empieza a darme vergüenza, como si me hubieran pillado masturbándome.

—Hola, mi amor, ¿se te ha pasado ya el mosqueo?
—¡¡¡Qué guapo está, por Dios!!!
—El mosqueo está justo donde estaba ayer, en la punta de la lengua; es más, creo que mi mosqueo ha ido creciendo, ¡¡¡como mi culo!!! —Se lo he dicho mirándolo directamente a los ojos, he utilizado mi tono de «si tienes huevos contesta».

Por supuesto que tiene huevos... Mmmmm... sus huevos...

—Ya se te pasará... Cuando quieras hablar, hablamos. ¿Has hecho algo de cena?

¡¡¡Pero bueno!!! ¿¿Ya está?? ¿¿No piensa hacerme la pelota?? ¿¿¿No va a disculparse??? Joder, joder, JO- DERRRRRRRRRRRRRRRR.

—La cena te la haces tú y luego si quieres vas a quemarla al pádel... ¿no? —¡¡¡Toma, un punto para mí!!!

—¿Todavía estás con esas? Ni siquiera me has dejado explicarme, quesito mío, ven con papi que te lo voy a con- tar todo al oído...

Mierda, cuando se pone así me derrito y él lo sabe, pero no voy a ceder, esta vez no, ni siquiera me ha dado una explicación... Claro que tampoco le he dejado... Bien, ahora es el momento, voy ver qué se inventa el mamón este...

—A ver, ilústrame, es la hora de dormir y necesito que me cuentes un cuento...

—Escucha, nena, si vas a ir en este plan, mejor no te cuento nada y ya tú te imaginas lo que te dé la gana, así no perdemos el tiempo, ni tú, ni yo. —Me lo dice quitándose la camisa y el espectáculo es... mmmmmmmmmmmm.

—Estupendo, pues no me lo cuentes. —No pienso de- jarle ver lo muchísimo que me jode que no me esté hacien- do la pelota.

Me voy a la cama convencida de que en cuanto acabe de cenar se acurrucará y buscará mambo.

Hoy es sábado, remoloneo en la cama hasta las nueve y media. Diego está a mi lado, este fin de semana libra.

Ayer no me tocó, no me buscó. Empiezo a estar preocupada de verdad, llevamos dos noches enfadados y no veo que esté haciendo nada por arreglarlo.

Le echo de menos, pero no puedo ser yo la que dé su brazo a torcer. Con Diego las cosas funcionan así, si una sola vez demuestro debilidad... ¡estoy perdida para futuras peleas!

Llevo toda la semana pensando en estos dos días que íbamos a pasar juntos, está claro que no contaba con el mosqueo, tengo una lista de planes para el finde, con cena romántica incluida, y ahora no sé qué hacer.

Diego duerme como un tronco, me acerco, necesito oler su perfume. Inspiro y cuando estoy llena de su olor se me escapa un beso, me retiro rápidamente pero es tarde, se ha dado cuenta.

—Buenos días, *amore*, ¿adónde vas tan tempranito? —Tiene los ojitos hinchados de dormir y es la única persona que conozco a la que no le huele el aliento por la mañana.

—Buenos días, no puedo dormir más, son más de las nueve y todavía no oigo a los niños, no creo que estén durmiendo y me temo lo peor. —No quiero estar enfadada, quiero meterle la lengua en la campanilla y agarrarlo del pelo.

—Ven aquí, quesito, los niños están bien, estoy seguro de que Uma les ha hecho un desayuno bajo en grasas y les está explicando la nueva exposición del Guggenheim. —Mientras me habla rodea mi espalda y me tumba a su lado.

—Mmmmmm, qué bien hueles, cabrón, ¿cómo es posible que sudes Acqua di Giò? —Hundo mi nariz en su cuello y su olor me vuelve loca; si me está poniendo los cuernos, en este momento me da exactamente igual.

Diego me alza la barbilla hasta que nuestros labios se rozan y por fin su lengua entra en mi boca. Mi mano tiene vida propia y baja descontrolada buscando su pene y lo encuentra... ¡Vaya si lo encuentra!

Estoy en la ducha después de mi ansiado polvo reconciliatorio. Supongo que siguen en pie nuestros planes románticos para esta noche. Tengo que llamar a mi madre para recordarle que se quedará con los niños.

—¡Mami, hola! ¿Te acuerdas de que esta noche te quedas en casa a dormir?

—¡Hola, mi vida! Pues si te digo la verdad no me acordaba, pero no te preocupes, que ahí estaré. Ahora mismo voy para el Zara, le voy a comprar unos botines de flecos a Chloé que te mueres cuando los veas. Por cierto, ¿sabes a quién he visto entrando en El Corte Inglés? Creo que ella no me ha visto, o a lo mejor se ha hecho la loca; sí, ahora que lo pienso se ha tenido que hacer la loca, porque me ha visto seguro... ¡¡¡Por supuesto que me ha visto!!! Llevo un gorro de ala ancha como el que lleva la bloguera esa... ¿cómo se llama? ¿Magdalena? ¿Pastelita? Ay, no sé, pero sabes quién te digo, ¿no? —Aprovecho que ha cogido aire para frenarla.

—Cup Cake, mamá. ¿A quién has visto? —Sé que me voy a arrepentir de hacerle esta pregunta, pero...

—A tu compañera esa del colegio, la hija de la peluquera, aquella que vivía donde tu abuela, ¿te acuerdas? Sí, hija, cómo no te vas a acordar, aquella amiguita tuya, ¿no te acuerdas? Hija, qué memoria tienes, cuando salga del Zara te voy a comprar unas hierbas para la memoria, unas que se toma mi vecina y me recomendó, hace un par de semanas que me las tomo y, oye, lo noto un montón, no me acuerdo muy bien cómo se llaman, pero ahora llamo a la Trini y se lo pregunto. —Coge aire otra vez y vuelvo a cortarla.

—Mami, sí me acuerdo, se llama Cristina Carmona y no vivía donde la abuela, ahí tenía la peluquería su madre, ella vivía en la calle Pantano de Tremp. No me compres hierbas que no me las tomo, mamá. Lo que sí te pido es que mires alguna tela para Uma: se disfraza de mosquito tigre en una función del cole y tengo que hacerle yo el disfraz; a ver si ves algún retal que nos pueda servir, ¿vale? —Mi madre es una experta en compras, le pidas lo que le pidas, lo encuentra.

—Qué morro tienes, mira que decir que le tienes que hacer tú el disfraz cuando las dos sabemos que se lo voy a hacer yo... No te preocupes, anda, luego te llevo la tela. ¿Te hace falta algo más? ¿Y a los niños? Mira, le voy a llevar calzoncillos a Keanu y de paso le compro algunos también a Diego. ¿Tú vas bien de bragas?

—Cómprame, mamá, pero de esas que aprietan la barriga, que me estoy poniendo que no veas...

—Ah, ¿sí? Pues te voy a llevar extracto de alcachofa, verás qué bien te va...

—Vale, mamá, lo que quieras. No llegues muy tarde, ¿vale? Te cuelgo que estoy oyendo gritar a Uma, besitos mamá. ¡¡¡Nos vemos luegooooo!!! —Cuelgo rápido, porque si dejo que me conteste me tiraré otra media hora al teléfono.

Son las ocho de la tarde, mi madre ya está aquí, tenemos mesa reservada a las nueve. Diego ya está listo, está en la habitación con Keanu jugando a un videojuego de la FIFA. Yo ni siquiera me he duchado todavía porque llevo hablando con mi madre más de dos horas.

—Rebiiiiiiiiiiiiiiiiiiiiiii, ¿¿¿te vas a arreglar o qué??? ¡¡¡La reserva es a las nueve!!! —grita Diego desde la habitación.

—Ya sé que la reserva es a las nueve... ¡La hice yo! Ya voy, estoy en diez minutos, ¡coño!

Mi madre me está mirando con el gesto torcido.

—¿Qué? —le pregunto mientras me enciendo un cigarrillo.

—Nada, hija, que te duches ya, que al final no te da tiempo...

—¡¡¡Ay, coño que sí!!! ¡¡¡Que lo tengo todo preparado!!!

—¡Oño! ¡Oño! ¡¡¡Mamáááááá... oñoooo!!! —Chloé se pone a gritar encima de la trona.

Uma me mira de arriba abajo y seguidamente le dice a mi madre:

—Abuela guapa: a mamá se le olvida moderar el *vocabulirio* cuando está delante de los niños.

Mi madre se ríe, pero yo (que ya empiezo a estresarme) me pongo enfrente de ella y le contesto:

—Se dice V-O-C-A-B-U-L-A-R-I-O no *vocabulirio*, ¡¡¡un lirio es lo que te voy a meter yo en la boca como sigas comportándote como la ministra de Educación!!!

Mi madre se mea.

—Puedo equivocarme, mamá, ¡¡¡solo tengo nueve años!!!

—Vale, mi vida. Anda, ponte a jugar con las Barbies y deja mi *vocabulirio* tranquilito...

Sé que me estoy pasando pero es que necesito saber que

mi hija de nueve años sigue teniendo nueve años, y hasta que no le vea un pucherito no voy a parar.

—¿No te da vergüenza estar todo el día corrigiendo a tu madre? ¡Si sigues así de marisabidilla no vas a crecer y serás una mujer de treinta años con unas tetorras gigantes y midiendo un metro diez!

El puchero llega antes de lo previsto y por fin veo a mi niña en todo su esplendor infantil.

Mi madre se pone a hacer la cena para los niños y yo la observo sentada en la mesa de la cocina.

MI MADRE

Tiene cincuenta y seis años, nos tuvo muy jovencita, y digo «nos» porque tengo una hermana mayor que se llama Penélope que es alta, morena, delgadísima, y que se tira la vida viajando y trabajando de lo que le sale, ahora mismo la muy zorra está en Zanzíbar vendiendo cocos en una playa privada. La odio, envidio y amo a partes iguales.

Mi madre se llama Lucía, es pelirroja y tiene los ojos verdes más bonitos que he visto nunca; ahora que lo pienso, tiene ojos de dibujos japoneses, enormes y brillantes. No me atrevo a decir que es guapísima, porque quizás esté pecando de amor de hija, pero... ¡¡¡es que es guapísima!!! Aunque la belleza no es su mayor virtud, es buena, generosa, jamás se mete con nadie, no critica, ama a los suyos, es atrevida, es moderna, es simpática, graciosa, comprensiva, educada... Joder, ¡¡¡qué asco!!!, ¡¡¡lo tiene todo!!!

No pienso hacer esta descripción de mi madre y quedarme tan pancha, no soy tan buena hija, así que...

Mi madre es muy pesada, habla por los codos y para

contarte que se ha comprado un sombrero tarda dos horas y media, mi madre es despistada, nunca sabe el día que es. ¿A que es horrible? ¿A que estos fallos son gordísimos? ¡Mierda, es perfecta! ¡¡¡Lo sé, lo sé!!!

No puedo creerme que sean las ocho y diez y todavía no me haya duchado.

—Rebiiiiii, son las ocho y diez, si no te empiezas a arreglar ya, vamos a llegar tarde y, sinceramente, no creo que nos guarden la reserva —me dice Diego con una tranquilidad que me pone nerviosa.

—¡Ya voy, estoy en diez minutos! —le contesto con una sonrisa en la cara y con mi tono de «no pasa nada, *darling*».

Me meto en el baño, abro la ducha, espero a que el agua esté caliente. Mientras espero pienso en la ropa que me voy a poner, pero estoy dispersa y no me centro, los pensamientos saltan en mi cabeza como una bola de pádel, para que me entendáis:

«Me voy a poner el vestido negro de tirantes con escotazo.»

«No: tengo los brazos gordos y fofos.»

«¿Cuántos tonos de voz tengo?»

«Me voy a poner los pantalones negros estrechos y la camisa negra con escotazo.»

«No: los pantalones no me abrochan.»

«Tengo que depilarme.»

«Quizá pida hora para hacerme la láser.»

«Me voy a poner los vaqueros y el jersey marrón *over size*.»

«Ostras, tengo que decirle a mi madre que no se olvide de ponerle el pañal a Chloé.»

«El jersey marrón me hace gorda.»

«Voy a llamar a Janet y a preguntarle qué me pongo.»

El humo que sale de la bañera me saca de mi flipada y me doy cuenta de que son las 20.22... Joder, deberíamos salir de casa a las 20.30 para ir bien de tiempo.

Vale, me ducho.

Por defecto, me enjabono el pelo con champú antipiojos sin acordarme de la peste que me va a dejar durante toda la noche.

Se abre la puerta mientras voy por la segunda enjabonada: es Diego.

—Macarroncito, ¿qué haces? —Me lo dice mientras abre la cortina.

—Estoy haciendo un tapete de ganchillo para mi madre... Pues ¿no lo vessssssssssssssss? ¡Me estoy duchandoooooo! —Joder, ya me ha hecho gritar y me había propuesto ser arrebatadoramente cariñosa y romántica esta noche—. Perdona, *amore*, es que estoy nerviosa porque se me echa el tiempo encima.

—No pasa nada, pescadito. —Se sienta en el bidé, que queda frente a la bañera.

No ha pasado ni un minuto cuando se vuelve a abrir la puerta: es Uma.

—Mamiii, Keanu no para, está molestando todo el rato y ha quitado el DVD de *Frozen* para poner *Jóvenes vampiros*; como comprenderás, no tenemos edad, ¡y estas no son horas para ponernos a ver una película de contenido sangriento y no apto para menores de dieciséis años!

Diego la mira embobado pero no le dice nada, debo suponer que está esperando a que sea yo la que decida.

—Uma, cariño, díselo a la abuela. —Es increíble, no me dejan ni en la ducha.

—¡Ya se lo he dicho!

—Perfecto, pues hazle caso.

—Es justo lo que estoy haciendo, mamá: la abuela me ha dicho que te lo diga a ti.

—Bueno, pues espera a que salga de la ducha.

Uma se sienta en la taza del váter.

Se vuelve a abrir la puerta: es Keanu.

—Mamá, ¿crees que los vampiros existen?

Me estoy afeitando las axilas con la cuchilla de Diego.

—No, Keanu, no lo creo. ¿Por qué has quitado *Frozen*?

—Joder, mami, la hemos visto ciento catorce veces.

—Diego, tu hijo acaba de decir «joder». ¿Piensas poner orden mientras yo acabo de ducharme, joder?

Al final de mi ducha la estampa es la siguiente:

- Diego discutiendo con Keanu sobre si los vampiros dicen o no «joder».
- Uma sentada en el wc viendo *Frozen* en el portátil.
- Chloé comiendo patatas fritas sentada en el suelo, con unas gafas de sol y unas alas de hada que no hay quien le quite.
- Mi madre enfrente del espejo depilándose las cejas y contando no sé qué de una bloguera a la que han pillado copiando *looks*.
- *Lola* se une a la *party* y con sus enfebrecidos saltos de alegría a punto está de tirar a Chloé por los suelos.

Cuando logramos salir de casa son las diez y veinte: está claro que no llegamos al restaurante, así que decidimos improvisar e ir sin reserva a cualquier otro. Por fin encontramos uno en el que no nos ponen pegas por lo tardísimo que es, y que sea un wok de bufet libre abarrotado de niñatos de veinte años no nos importa: es nuestra noche de amor y sin niños, ¡y vamos a aprovecharla al máximo!

Me siento fuera de lugar, me siento gorda e insegura, y en la mesa de al lado hay tres adolescentes con las tetas a la altura de la yugular que le están haciendo ojitos a Diego y, por supuesto, él se deja querer. Le he pillado tres veces poniendo cara de interesante, como si escuchara atentamente y mi conversación fuera lo más, cuando en realidad le estaba hablando de la última caca de Chloé, que parecía de caballo. El problema es que Diego cree que su cara de interesante le hace muy atractivo, entrecierra los ojos y mete un poquito de pómulos (como si fuera a dar un beso) asiente continuamente y hace ruiditos tales como: «Ajááá», «Ejemmm» y cosas así.

La mala leche me sube por momentos pero intento controlarme pensando que Diego sufre del síndrome de Peter Pan.

De repente suena un whatsapp en su teléfono, lo mira disimuladamente y yo finjo que no me he dado cuenta.

Otro whatsapp. Mirada de reojo.

Otro. Lo pone en silencio y yo sigo haciéndome la loca.

—Pastelito, voy al baño.

¡¡¡Ajáááááá, maldito!!! Lo sabía, lo sabíaaaaaa, intento dominar mi furia, quiero pillarle con las manos en la masa.

—Vale, yo voy a coger postres, ¿qué te apetece? —Lo

he dicho todo con los dientes apretados y ha sonado raro...

—Lo que quieras, tomatito. —Y se va el muy desgraciado con su telefonito metido en el bolsillo de atrás de sus vaqueros (que por cierto le hacen un culo...).

No entiendo por qué me siento tan insegura y me parece increíble el ataque de celos que estoy teniendo. Cuando paso por una cristalera para ir a coger tarta de chocolate, lo entiendo todo: qué pinta tengo y qué gordísima estoy... ¿Cómo han podido dejarme salir así de casa?

Mira, de Diego, lo entiendo, ¡pero de mi madre, no!

Llevo un vestido negro que parece tres tallas más pequeño; se supone que es un vestido lencero, caído y vaporoso... pero el resultado en mí es un vestido estrecho, corto y muy brillante; parezco una loca inconsciente de su peso y que se niega a envejecer.

Cojo la tarta, paso por delante de las adolescentes y oigo unas risitas, no sé si girarme y estamparles la tarta en la cara o hacerme la tonta y sentarme como una diva que espera a su sexi estrella del rock. Opto por la segunda opción.

Cuando me siento recuerdo que Diego ha ido al baño a hablar con alguna guarra que se está tirando y que, si no lo pillo y esto sigue adelante, el capullo de mi marido destrozará la familia, tendré que llevar a los niños a *Hermano Mayor* con Pedro García Aguado y yo acabaré vieja, gorda, con síndrome de Diógenes y gatos a mi alrededor.

Vale, cojo el móvil. Me conecto al WhatsApp y... ¡¡¡en línea!!! ¡¡¡Está conectado!!! ¡¡¡Cerdo infiel!!! ¡¡¡Lo sabía!!!

Perfecto, se va a cagar:

> Con quién hablas?
> Cómo te aguantas
> la minga y escribes
> a la vez?   23.16

Me sale el «recibido» pero en gris, así que no lo ha leído.
Espero.
Espero.
Espero.

> Serás cabrón,
> contéstameee, estás
> en línea...
>   23.16

Doble *check*, en gris.
Nada.

> Cuando acabes de
> hablar y salgas no
> estaré, te dejo vía libre,
> haz lo que quieras con
> tu vida pero con la mía
> ¡¡¡NOOOO!!!   23.17

Me encanta ponerme dramática, es un papel que me va
a la perfección y no tengo muchas oportunidades de utilizarlo. El tío sigue sin contestar, es muy fuerte y yo estoy
que me va a dar algo.

Veo con el rabillo del ojo que las tres adolescentes levantan la cabeza para mirar algo, sigo su dirección y veo
que es Diego que se acerca a la mesa con su cara de guapo
y su sonrisa torcida.

Se sienta y me pregunta si no le he cogido postre.

—Eres un sinvergüenza. ¿Me puedes decir con quién coño estabas hablando ahora mismo en el lavabo, mientras supuestamente ibas a mear?

La cara con la que me mira me lo dice todo.

—A ver, chocolatito, no vayas a empezar con tus celos absurdos, Andrés me ha enviado un whatsapp, lo he leído, le he contestado, he metido el teléfono en el pantalón y con las dos manitas libres he cogido mi maravilloso pene para mear. ¿Ya? —Me ha contestado sin pensárselo y eso es buena señal, aunque...

—¿¿¿Y qué quería Andrés???

—Nada, tonterías del trabajo, nada importante.

—¿Y por qué no me contestabas?

—¿Que no te contestaba? ¿Cuándo?

—Cuando estabas en el lavabo meando.

—Pues justo por eso, porque estaba meando.

—Enséñamelo, enséñame el whatsapp.

Su cara es un poema, le he pillado, me ha mentido y sabe que no va a poder salir de esta, madre mía, madre mía, ¡¡¡me está poniendo los cuernos!!!

—Lo he borrado...

¡¡¡Será joputa!!! ¡¡¡Lo ha borrado, dice!!!

—Ah, ¿lo has borrado? ¿Por qué coño lo has borrado? —Estoy subiendo el tono de mi voz y el de mi cara, que ahora mismo se está volviendo fucsia; y encima las niñas buenorras me están mirando divertidas.

Diego respira, mira a las niñas, llama al camarero, pide la cuenta, deja el dinero encima de la mesa (todo esto sin mirarme y sin hablar), se levanta y por fin dice:

—La cena romántica se ha terminado, no aguanto tus escenas, me voy a casa, si quieres venir en coche, espabila, porque no voy a esperar a que te comas ese pedazo de tarta de chocolate. Es más: si no te dejo acabártelo, créeme, te hago un favor.

No nos dirigimos la palabra en todo el trayecto, estoy hundida, es la primera vez que Diego me humilla de esa manera, me ha llamado gorda, no ha dicho exactamente la palabra «gorda» pero no le ha hecho falta. Además, ahora me siento culpable por haber arruinado la noche.

Soy una gorda celosa y arruinaveladas.

Tengo remordimientos, creo que a veces me paso, es esta jodida inseguridad mía que me lleva por el camino de la amargura.

¿Qué puedo hacer para que la noche no quede arruinada completamente?

Ya sé: voy a ponerme la camiseta de Maradona, que sé que a Diego le pone burrote. Pero como soy una mujer valiente, sexi y aventurera, voy a ponérmela con esas braguitas que tienen una cola de conejita pegada al culo, unas bragas que compré en un Tuppersex que organizó mi amiga Marian... Ahora que me acuerdo, ¿no compré también una máscara de gatita de esas de cuero negro de lo más sexi? ¡Sí, sí, por supuesto que la compré! ¡Voy a ponérmela y hacer de esta una noche salvaje llena de sexo desenfrenado y que Diego recordará de por vida!

Diego se acuesta y yo me pongo a buscar en el armario la máscara y las conejobragas, intento hacerlo sin hacer ruido y sin encender la luz, pero no lo consigo, y Diego a cada ruido que hago suelta un «Bffffff».

Vale, las tengo, marcho al baño y me preparo...

Qué horror, parezco un superhéroe deforme y argentino. Si salgo así, Diego va a pensar que me estoy cachondeando de él, las bragas me aprietan una barbaridad y la cola de conejo está tiesa y casi sin pelo, recuerdo que las lavé con agua caliente y el resultado fue un desastre. El cuero de la máscara está pelado por la nariz, soy una gatita enferma y la camiseta me queda tan ajustada que la cara de Maradona queda gorda y estirada.

Paso, me pongo mi pijama de vacas y me meto en la cama.

A tomar por culo, total, este cabrón me está poniendo los cuernos...

5

Las cosas con Diego no van. Después de la última cena, esa que debería haber sido romántica, todo ha ido a peor.

Cada día está más claro que me está poniendo los cuernos; ahora que no le hablo, puedo observarlo y me doy cuenta de detalles que antes no veía, y mi pregunta es: ¿no los veía porque no los hacía? ¿O no los veía porque no quería verlos?

Me hago la fuerte, la digna, la independiente, pero en el fondo estoy asustada, asustada porque jamás habíamos tenido una crisis y esta me parece a mí que es de las gordas; no tan gorda como yo, pero importante al fin y al cabo.

Estoy en el trabajo, sentada en la recepción, pensando en mis cosas, sé que tengo que ponerme a trabajar, pero estoy tan jodida que me parece imposible levantar un solo dedo, bastante he hecho con haberme levantado, haber cogido el tren, haber aguantado a «las chicas de oro» (cuando digo aguantado, no me refiero a Rosa, a Rosa la adoro y hoy no estaba en el tren) y haber llegado al gimnasio con solo quince minutos de retraso.

Sofí Amor aparece en la recepción, tiene cara de «tenemos que hablar» y a mí se me hace un nudo en el estómago, es lo que me faltaba...

—Rebecca, amor, tengo una sorpresa para ti, es algo maravilloso que creo que te mereces. Además, me consta que te hace mucha falta.

¡Joder, joder, joder! ¡Me va a subir el sueldo! ¡¡¡Bien!!!

—Gracias, Sofí. —Como estoy contenta, pongo el acento francés que a ella le gusta.

—Dile a Manuel que suba a cubrirte.

Llamo a Manu, pongo tono profesional y le digo que por favor suba a reemplazarme que tengo una reunión con Sofí.

—Ah, ¿síííí? Cuéntamelo todo, zorra, sácale las tripas, el alma y todo lo que puedas, dile que estás harta de su cara y de que el cerdo asado de su marido te mire las tetas como si no hubiera un mañana.

Tengo que hacer lo imposible por no reírme.

—Por supuesto, Manuel, no creo que tarde, me hago cargo de que tienes tareas que hacer. —A ver si pilla que Sofí está a menos de un metro de mí.

—Está ahí Ana Obregón... ¿no? Pues fíjate en la oreja derecha, verás que se le ha descosido una extensión del pelo... La muy guarra se está quedando calva... Calvííí, amorrrrrr. —Será cerdo, me hace reír deliberadamente. Le cuelgo.

Sigo a Sofí, pasamos la puerta de su despacho, ¿adónde me lleva? Seguramente al bar, quiere ser una jefa moderna y quiere que piense que trabajo en Google, seguro que ha preparado un almuerzo frío para darme la noticia, se me derrite la boca pensando en qué será...

De repente y sin previo aviso paramos en el vestuario de mujeres, entramos, va directamente a su taquilla y saca de ella una bolsa de plástico que pone «Sports Raquel». No entiendo nada.

—Sé que te exijo mucho y también sé que tienes la casa llena de niños; por las ojeras que traes todas las mañanas, puedo intuir que Diego no te ayuda mucho, me consta también que tu situación económica no es muy boyante y que el otro día fui muy injusta pidiéndote que miraras un poco tu vestuario, en fin, ya no tendrás que preocuparte más por eso... ¡vas a llevar uniforme!

No puedo ni moverme, estoy en *shock*. Pero eso no es todo, la cosa se complica, porque de pronto mete una de esas manos con uñas de veinte centímetros para sacar de la dichosa bolsa dos prendas de ropa que no sé ni cómo catalogarlas.

Lo intento:

- Primera prenda: *leggings* pirata de color indescriptible. Sube de abajo un arcoíris de colores fluorescentes que terminan unidos en una explosión; sí, «explosión» es la palabra adecuada, es como si hubieran metido en una lata todos los colores del mundo (fluorescentes), la hubieran agitado y después hubieran metido los *leggings* dentro.
- Segunda prenda: camiseta de manga larga y cuello medio con la misma combinación de colores y con la espalda y las axilas de rejilla.

Todo el conjunto es de una tela brillante y me parece que tres tallas más pequeño.

Mi cara debe de ser un poema, y la imbécil de Sofí, que no tiene ni idea de interpretar caras, lo confunde con alegría y admiración.

—Sabía que te encantaría, en el fondo lo único que nos diferencia es que yo tengo suerte en la vida y tú tienes tres hijos. —Me lo suelta mirándome con carita de Teresa de Calcuta, compadeciéndose de mí, y yo empiezo a oír voces que dicen: «Mátala... mátala.»

De repente, vuelve a coger algo de la taquilla; esta vez, una caja.

—Para que veas, también te he comprado un calzado acorde con el uniforme.

Cuando abre la caja me quiero morir, quiero desaparecer, quiero comprarme una bolsa de chuches y ver *El diario de Noa*. El calzado son unas zapatillas deportivas de bota alta (estilo boxeador) rosa flúor con las suelas verde flúor.

—Anda, tonta, pruébatelo todo.

—Gracias, Sofí, prefiero hacerlo en casa. —Le diré que me lo han robado en el tren.

—No, no, pruébatelo, es una orden... —Al decir esto, hace un gesto militar y pone una cara que supuestamente es de tipo sargento o algo así, pero que en realidad le hace parecer tonta del culo—. Jajajajajajajá.

Le arrebato el dichoso conjunto de las manos con muy mala leche y me meto en uno de los lavabos porque no voy a pasar por la humillación de tener que desvestirme delante de ella.

¡Pero ¿cómo coño quiere que me meta esto?!

Estoy sudando y no hay manera de que suban los putos *leggings*, ¡¡¡joder, me están pequeños!!! Estoy por pedirle mantequilla para untármela y que se acabe este sufrimiento...

Lo consigo.

Me aprietan.

Es más, me cortan hasta la respiración.

Empieza la segunda fase: la camiseta.

Lo vuelvo a conseguir.

No me puedo mover y todavía me quedan las botas.

¡Esto es para morirse! Las botas tienen por lo menos treinta agujeros por donde pasar los cordones, estoy cansada, humillada, sudorosa y muy muy enfadada.

—¡¡¡Rebecca, amor!!! ¿Estás bien?

No le contesto porque como abra la boca le voy a soltar una que se va a cagar.

Estoy lista, me miro en el espejo y no sé dónde meterme, tengo todos los rizos encrespados del sudor, la cara colorada, de la camiseta me salen mil doscientas lorzas, los *leggings* me aprietan en la cintura y me marcan tres michelines que van de mayor a menor. Las botas no las puedo abrochar bien puesto que tengo más pierna que Maradona.

Tengo ganas de llorar.

—Rebeccaaaaaa, amorrrrrrrr.

Zorra anoréxica.

Salgo y la miro, pongo los brazos en jarras esperando a que se dé cuenta de que así no puedo ir.

—Sé que debería haber cogido cinco tallas más. —Cinco tallas, noooo; como mucho, tres. ¡¡¡Pienso esto mientras intento controlarme para no tirarle de la extensión esa que se le está cayendo!!!—. Pero así te motivas y pierdes peso, si lo paras a pensar, ¡¡¡con un simple uniforme voy a cambiarte la vida!!!

—Sofí, yo no puedo trabajar así, el uniforme es una delicia, pero no estoy cómoda...

—Hay que cuidarse, Rebecca, amor, esto no es negociable; a partir de mañana, lo llevarás puesto.

—Pero, Sofí, es que no me queda bien. Además, ¡no me puedo mover!

—Pues entonces adelgaza un poquito y te quedará divino, debes agradecérselo a Carla Vival, que es la que se ha encargado de escoger el modelo.

¿Carla? ¿La Culo Ikea? ¿Se puede ser más mala? No entiendo la fijación que tiene conmigo... Joder, qué asco, me crecen las enemigas en este puto gimnasio...

Se abre la puerta y para desesperación mía entra Susana Echevarría, que ha terminado su clase de pilates: lleva un pantalón estrecho de lycra negra, un top a conjunto, unas deportivas blancas y una coleta alta. La tía parece Catherine Zeta-Jones.

Me mira de arriba abajo y no puede evitar poner gesto de sorpresa. ¿O es asco?

—Oh, hola, Susana. ¡Estás divina, nena! De verdad: cualquier cosita que te pongas la transformas en un Dior o un Chanel... ¡¡¡Qué envidia!!! —Sofí se deshace con Susana y yo ya no sé si me da más vergüenza mi indumentaria o su actitud.

—Hola, Sofía —así, sin acento ni *na*—, no transformo nada, el conjunto es de Dior.

¡ZASCA, en toda la boca!

—Por supuesto, por supuesto. ¿Qué te parece la nueva imagen corporativa del centro? —Mientras se lo dice, me empuja para que me quede delante de Susana.

El humo va a empezar a salirme por las orejas y ya no va a haber marcha atrás.

—¿Esto es la imagen? —lo dice señalándome a mí, por lo que entiendo que «esto» soy yo.

Ya no puedo más, doy media vuelta para entrar en el lavabo cuando...

—Mira, Sofía, el conjunto es verdaderamente horrible y poco favorecedor. Además esta chica está en la recepción, ¿no? —Su tono es de una profesionalidad que ya querría Julia Otero.

Sofí está descolocada.

—Hummm, sí —dice la muy pava.

—Pues, sinceramente, me parece absurdo que la chica de la recepción vaya vestida como un acróbata del Cirque du Soleil; creo que deberías ponerle un traje sastre negro combinado con una camiseta blanca. —Y se va, y yo empiezo a considerarla mi mejor amiga.

—Gracias, Susana, ¡tienes toda la razón! ¡Quítate eso, por Dios! ¡¡¡En qué estaría pensando!!!

Me meto corriendo en el lavabo y me desvisto rápido antes de que la loca bipolar cambie de opinión.

Cuando salgo, Sofí ya no está.

De vuelta a casa en el tren decido llamar a Janet y contárselo todo y pedirle el número del técnico de la lavadora, puesto que me estoy gastando una fortuna en llevar la colada a una lavandería de esas americanas que van con monedas.

—Hola, zorrón. —Este extraño saludo nos apasiona.

—Hola, guarrona viciosa. —Ella es más original que yo.

—Estoy depre, pero depre de verdad, de esas de pastillas y psiquiatras.

—Joder, nena, dame cinco minutos y te llamo, me pillas en una situación rara y no puedo estar por ti. —Suena avergonzada.

—¿Qué estás haciendo?

—Ahora te llamo, Rebi, cinco minutos.

Esto me huele mal, tiene un tono de voz raro, un tono de voz que me hace pensar que se dispone a robar en una tienda, a espiar el mail de Javi o a algo mucho peor...

—¿QUÉ COÑO ESTÁS HACIENDO? —Al final tengo que gritarle y el señor que está sentado a mi lado me mira y hace un chasquido con la boca como diciendo: «Vaya boca...»

—¡Mierda! ¡¡¡Estoy debajo de un puto coche intentando hacerle una foto comprometida a la Guarraquetecagas!!!

—¡¡¡Por el amor de Dios, Janet!!! ¿Estás loca o qué? ¿Cómo se te ocurre hacer eso sin antes llamarme para que te acompañe? Podrías habernos llamado a Andy y a mí... ¡¡¡Seríamos como las putas Ángelas de Charlie!!! —Me veo con un mono estrecho rojo de Ferrari y un melenón suelto a lo Drew Barrymore, porque, por supuesto, yo sería Drew...—. ¡La próxima vez que tengas que hacer algo así, llama antes, joder! ¡¡¡Quiero ser Drew Barrymore!!!

—Por favor, Rebi, cuelga YAAAAA, ¡dame cinco MINUTOSSSSSS! —Me ha colgado.

Llamo a Andy mientras el señor de mi lado vuelve a hacer otro chasquido con la boca, pero esta vez lo hace buscando el apoyo de una chica que se sienta enfrente de mí y me mira divertida.

—¡Andy! ¿Qué haces?

—Voy al súper a comprar, ¿y tú?

—Estoy depre, ¿tienes un minuto?

—Claro, cielo, cuando salga del súper te llamo. —Me cuelga.

¿Qué pasa? A nadie le importa una mierda lo que me

pase... Diego, tendría que llamar a Diego... Él me entenderá, además ya es hora de reconciliarse.

Le llamo, no contesta. Qué bonito: sin contestar a su mujer al teléfono.

Vuelvo a llamarle.

No contesta.

¡Mierda! ¿Y si ha pasado algo? ¡¡¡Tiene tres hijos!!! ¡¡¡Está obligado a coger el teléfono!!!

Vuelvo a llamar.

Nada.

Sigo llamándole mientras mi cabreo aumenta, me parece mentira que pueda ser tan despreocupado, ¿cómo puede vivir así y ser tan irresponsable? ¿Qué pasaría si Chloé se hubiera metido un pendiente en la nariz o Uma se hubiera caído desde la segunda planta de la biblioteca del pueblo? ¿Cómo se enteraría si mi casa estuviera en llamas porque, porque...? ¡Por algo joder, yo qué sé! ¡¡¡Yo estoy en el tren y me acabo de enterar!!!

En este estado de enajenación mental me encuentro cuando suena el teléfono: es Diego.

—¡¡¡Es increíble que no cojas el teléfono!!! ¿Cuántas veces te he llamado... cuatro? —le grito mientras oigo el tercer chasquido del señor.

—Veintinueve veces exactamente en tres minutos... ¿Qué pasa, Rebecca? ¿Estáis todos bien? —Está tenso y asustado.

—¡¡¡Si estamos bien es porque yo sí cojo el teléfono!!! ¡¡¡Si estamos bien es porque mis hijos tienen una madre maravillosa que coge el teléfono y se entera de que Chloé se ha metido un pendiente en la nariz, que Uma se ha caído de un segundo piso y que Keanu ha incendiado la casa intentando hacerse un porrooooooo!!! —Cuarto chasquido de boca.

—¿¿¿QUÉÉÉÉÉ??? ¿¿¿DÓNDE ESTÁIS??? —Me está gritando como un descosido, cuando la que tiene el derecho de gritar soy yo.

—Oye, no me grites, nene.

—¿¿¿DÓNDE ESTÁISSS???

—Oye, Diego, que no me grites, que te he oído la primera vez, estoy en el tren llegando a casa. Ahora iré a buscar a los niños, ¿qué pasa?

—Rebecca, ¿¿¿me estás diciendo que tenemos dos niñas heridas y un niño no se sabe dónde, que la casa está ardiendo y tú has tenido la maravillosa idea de coger el tren??? —La que he montado, a ver cómo salgo de esta dignamente.

—No, Diego, tranquilo, nada de eso ha pasado, solo lo he dicho para que te des cuenta de que tienes que coger el teléfono cuando te llamo, el mundo hijos está lleno de riesgos... —Se lo digo calmada, poniendo tono de profesora de primaria.

—Vete a la mierda, Rebecca. —Tercera persona que me cuelga.

La vuelta a casa se me hace insoportable y, evidentemente, he acabado mandando a la mierda al señor Chasquido.

Algo en mí falla, no sé qué es, pero estoy segura de que algo hay. Debo llamar a Diego y pedirle disculpas aunque él no me las ha pedido a mí por ponerme los cuernos, mandarme a la mierda y lo peor... ¡llamarme gorda!

Cuando llego a casa me encuentro dentro a mi madre y a Andy: las dos han utilizado su llave para entrar, y lejos de enfadarme, lo agradezco.

Mi madre, que es un amor y me ha parido, se da cuenta de que necesito sentarme y nada más, y se ofrece para pasear a *Lola* e ir a buscar a las niñas.

Dos minutos después de irse ella, entra Keanu, dice un «hola» que suena a «que os jodan a todos, mi vida es una mierda y pienso encerrarme en mi habitación y morir de inanición», cierra la puerta de un portazo y se mete en su cuarto. Lo que me faltaba: como si no tuviera bastante con el desastre de mi vida, como para tener que lidiar con un adolescente rebelde, amargado y con actitud desafiante que resulta que es mi hijo.

Me siento en la diminuta mesa de la cocina, no sé en qué estaría pensando cuando quise introducir una mesa con sus cuatro sillas en una cocina que mide cuatro metros cuadrados.

—¿Qué te pasa? —Andy va directa a la cuestión.

—Me pasa que mi vida es un desastre, que tengo un trabajo de mierda donde me quieren vestir de Xuxa, que mi marido me llama gorda y me pone los cuernos, que mis amigas tienen cosas que hacer y no atienden cuando las necesito para evitar montar una película de las mías. Que mi madre usa dos tallas menos que yo y tiene un estilo con el que yo solo puedo soñar. Que mi pelo parece el nido de cigüeñas que está en el tejado de la iglesia de algún cuento infantil. Que mi hija de nueve años lleva al día mis facturas. Que a mi hijo se le ha olvidado reír y que ya solo sabe decir cuatro palabras malsonantes. Que mi piso es una mierda. Que nunca tengo un euro. Que no consigo el teléfono del técnico de la lavadora. Que mi hermana no está. Que mi padre sale con una cubana de metro ochenta, que tiene diecinueve años menos que yo... Solo eso. —Las lágrimas empiezan a aparecer.

Andy me mira perpleja, no está acostumbrada a verme llorar por quejas reales, una cosa es llorar por *Ghost* y otra muy diferente llorar por algo que está pasando de verdad.

No me dice nada y yo la miro suplicante, ¡necesito consuelo, joder!

—Pues sí, estás jodida de verdad... Pero, si te sirve de consuelo, te diré que yo empiezo a creer que me he inventado a Iem, es posible que no tenga una hija, no la veo nunca, no nos habla apenas, se pasa todo el día pegada al móvil. Es más, el otro día necesitaba decirle que le había comprado sujetadores y tuve que dejarle un mensaje en su muro de Facebook... ¡No te digo más! ¿Un café? —Se acerca a mí ofreciéndome la taza que lleva en la mano.

—Andy, me temía que esto iba a llegar, siéntate y escucha. Iem no existe.

Andy me mira y las dos estallamos en risas.

Llaman a la puerta: es Janet.

JANET

De pelo corto y negro, de ojos enormes y marrones, de nariz chata y redonda, una nariz graciosa si no estuviera acompañada del resto de sus facciones. Janet es guapa a rabiar, de esas mujeres macizas, aunque dulces, que pasan por tu lado y tanto si eres hombre como si eres mujer tienes que girar la cabeza para admirarlas.

Tatuada de los pies a la cabeza sin llegar a ser vulgar, sus tatuajes la convierten en una mujer más atractiva aún de lo que ya es.

Es divertida, amiga de sus amigos, peligrosa, vengativa, rápida en respuestas, resolutiva, cabezona, sensible, fuerte, independiente y tremendamente golfa (si entendemos «golfa» como «traviesa»).

Entra en la cocina como un vendaval, ya despeinada, con los vaqueros sucios y con las mejillas sonrosadas. Su mirada es puro fuego. Está cabreada y se ve a la legua.

—¿Qué te pasa? —le pregunta Andy mientras le prepara una taza de café.

—¡Que me he tirado hora y media debajo de un coche para nada! —grita mientras se quita una chaqueta de cuero negro que en cuanto se despiste se la mango.

—Y eso... ¿por qué? —Andy no da crédito.

—No tengo ganas de hablar del tema, me duele la rabadilla y me he roto la cazadora de cuero.

Mierda, ya no la quiero... rota no me sirve.

—Bueno, pero tendrás que explicar algo... ¿O crees que vas a venir aquí con el culo y la cazadora rota y no vas a decir ni mu? —insiste Andy.

—*Ok*, prestad atención porque solo lo voy a explicar una vez. Cuando termine no quiero volver a hablar de esto, no existe, no ha pasado.

—¡Espera, espera, necesito un piti! —Me enciendo un cigarrillo dispuesta a escuchar el relato de Janet.

—Bien, putillas, escuchadme atentamente y si alguna de las dos me interrumpe, me callaré, me tomaré mi café, criticaré vuestras vidas y me iré. —Los relatos de Janet siempre son así, hace que nos mantengamos pegadas a la silla, como si estuviéramos viendo un capítulo de *Juego de Tronos*—. Esta mañana mientras desayunaba y revisaba mi Instagram he visto una publicación de la Guarraquetecagas de hacía escasos minutos; por la foto he visto que estaba en mi barrio y he decidido bajar a verla en persona. Cuando he llegado no he tardado en encontrarla, evidentemente la he seguido para ver qué coño hacía por esos lares y mi sorpresa ha sido mayúscula cuando la pedazo de cerda ha entrado en un McDonald's ¡¡¡Ajá!!! Ya me extrañaba a mí que esa zorra tuviera el culo que tiene solo de comer tofu y algas. He subido corriendo a casa, he cogido la mochila con la cámara de fotos dentro, he bajado corriendo para poder hacerle una foto y colgarla en Instagram y poner los hastags: #guarraquetecagas #zampahamburguesas #vasdevegana #eresmufalsa #noengañesmás.

»Era difícil pillarla sin que me viera, así que me he metido debajo de un coche, me he tirado media hora para descubrir que se ha pedido un café con leche de soja y un muffin de chocolate, me ha pillado la policía debajo del coche con la mochila y toda sucia, me han llevado a la comisaría y he tenido que explicarlo todo.

»Me duele el culo, he perdido la dignidad y encima la perra se ha salido con la suya. Tema zanjado.

Madre mía, pobrecita, vaya tela, qué vergüenza, tengo que decirle algo y lo único que se me ocurre es:

—Lo que no entiendo es por qué coño en el McDonald's todo empieza por Mc: McNuggets, McFlurry, McPollo... y en vez de poner McDalenas las llaman muffins.

Ya se han ido todas y por fin he acostado a los niños, creo que estoy estresada o loca, o quizá las dos cosas.

A pesar de que estoy sola sentada en el sofá, me doy cuenta de que llevo más de una hora viendo *La Patrulla*

Canina, y lo más jodido es que me gusta. A veces pienso que si se acaba el mundo y no lo dicen en el canal Boing o en el Disney Channel no me enteraré.

Creo que voy a ducharme, voy a aprovechar que los niños duermen, veinte minutos a solas en el baño, desde que soy madre, equivalen a un día en el spa.

Sí, eso haré, en cuanto sepa si ese perrito tan mono que es bombero salva al gatito del granjero.

Lo que no puede ser es que me estén preocupando el puto gato y el perro bombero, tengo que tranquilizarme. Pues bien, eso es lo que voy a hacer. El otro día leí que Demi Moore hacía yoga para relajarse y le funcionaba que te cagas (bueno no ponía exactamente «que te cagas», pero vamos, que le iba muy bien). En el mismo artículo ponía también que Sharon Stone se tomaba todas las noches una copa de vino blanco y eso le ayudaba a desconectar del estrés del día, así que como las dos tienen cara de ser muy listas, voy a hacer un mix yoga + vino.

Voy a la cocina y, evidentemente, en la nevera solo hay un tetrabrik de vino que no recuerdo cuánto tiempo lleva ahí y que además es el que utilizo para cocinar (cuando cocino). Es lo que mi madre llama «vino de pollo». Bueno, no pasa nada, y si lo pongo en una copa de las que utilizo en Nochebuena, tiene el mismo *glamour* que el de Sharon.

Copa en mano, me dirijo al salón, cojo el móvil y tecleo en Google «posturas de yoga». Me voy a «imágenes» y la primera que sale es una señora mayor de aproximadamente cien años, con los pies por detrás del cuello y que se mantiene recta aguantada por el culo. Joder, no puedo entender cómo coño lo hace... ¡Si es la vieja de *Psicosis*!

Me siento en el suelo y pongo el móvil enfrente para

copiar la imagen. Intento levantar una pierna y me cruje todo. ¡Joder, qué mierda! Me enciendo un pitillo. Fumo. Bebo. Vuelvo a fumar.

Lo intento con la otra pierna y logro mantenerla dos segundos; inmediatamente me caigo hacia delante, doy con la cabeza a la copa, el vino se derrama y *Lola* empieza a lamerlo del suelo. ¡Qué peste!, ¿a qué coño huele? ¡Joder, coño, mierda puta! Me he quemado el pelo con el cigarro.

A tomar por culo Demi, Sharon, el vino y el puto yoga.

Me quedo tan a gusto viendo *Peppa Pig*, que *La Patrulla Canina* ya se ha terminado.

6

Estoy en la estación, hoy me he levantado antes, me he adelantado a Beyoncé y parece que me está sentando bien. He desayunado bien, me he arreglado y maquillado. Además, ayer, por fin, Janet me dio el teléfono del técnico de la lavadora; le llamaré luego. Y ahora estoy esperando que llegue mi tren.

Llevo tacones, hoy me ha dado la gana de ponérmelos. Vaqueros, camisa negra y tacones, ¡porque yo lo valgo!

Estoy fumándome un cigarrillo y a lo lejos veo que un hombre me está observando, debe de tener unos sesenta años, pero, aun así, desprende atractivo; me recuerda a mi padre, lo miro y tiro la colilla al suelo en un intento de imitar a Olivia Newton-John en el baile final de *Grease*. Cuando la estoy apagando, se me tuerce un tacón y el resultado es tan desastroso que agacho las orejas muerta de vergüenza.

El camino se me hace corto, porque me paso el viaje charlando con mis amigas de tren.

Rosa está un poco apagada, pero imagino que debe de estar agotada de tanto fármaco, ¡jodido cáncer!

—¿Cómo estás, Rosa?

—No ando fina, como sabrás tengo cáncer... —Irónica y cabrona como siempre, eso me tranquiliza.

—Sí, algo he oído, y ahora que te veo empiezo a creérmelo, tienes toda la cara de estar enferma. —Sé que le gusta que me ponga a su altura.

Alza las cejas y me mira divertida.

—¿No te da vergüenza llamarle enferma a una vieja que sabes que tiene cáncer?

—Me daría vergüenza si esa vieja tuviera corazón y no una uva pasa...

Empiezo a ver en sus ojos que no tardará en reírse.

—Que no te soporte y no tenga piedad de ti no significa que no tenga corazón, significa que eres tonta de remate y no mereces mi compasión.

—Que te cuente mis penas no significa que no tenga alegrías, significa que me sabe mal contarle a una vieja con cáncer que me paso el día teniendo orgasmos.

—Jajajajajajajajá. ¡¡¡Has ganado!!! —Se ríe por fin y yo suspiro aliviada: se me estaban agotando las maldades.

El trayecto se me hace corto, Rosa me explica en qué fase está y que la verdad es que no tiene muchas esperanzas. La riño, no quiero que hable así, me duele y tengo ganas de llorar. Las demás escuchan con expectación haciendo pequeños soniditos y con algún que otro comentario. Rosa y yo no les hacemos caso y nos dedicamos la una a la otra; la veo mal, realmente mal, y tengo un nudo en el estómago porque no sé qué decirle.

Cuando llego al trabajo me encuentro un paquete con mi nuevo uniforme, lo abro sin ninguna expectativa y descubro para mi sorpresa que es un maravilloso traje pantalón que me sienta como un guante, y como calzado me han puesto unas deportivas blancas que quedan estupendamente bien y le dan un toque muy estiloso.

Me tiro toda la mañana con Manu despellejando a cada una de las clientas que pesan menos de sesenta kilos, no he hecho absolutamente nada pero me da exactamente igual: estoy estresada, triste y muy desmotivada.

En las escaleras me encuentro a la Echevarría que me mira de arriba abajo. Me veo en la obligación de darle las gracias por no ir vestida como un Twister de Frigo.

—Buenos días, Susana, quería darte las gracias por tu intervención del otro día, ¡gracias a ti hoy voy vestida así! —Y doy una vueltecita para que admire mi nuevo uniforme.

Me mira con una cara de perdonavidas que no sé ni dónde meterme. Se gira y se larga, y me deja ahí plantada, ridícula y gorda.

—No sé quién coño me manda a mí ser amable con una persona que tiene un palo metido en el culo. —¡¡¡Lo he pensado en voz alta!!! ¡¡¡Mierda, me ha oído!!!

Vuelve la cara y me dice:

—¿Perdona? ¿Qué has dicho?

—Que muchas gracias por lo del otro día. —La miro directamente a los ojos, retándola a que me conteste.

—No, después de eso. —Me sostiene la mirada, la muy zorra.

—Que las escaleras están fregadas, cuidado no te caigas de culo. —Chúpate esa, Mariestirada.

Ahora me toca a mí, así que me giro y la dejo plantada y ridícula; y flaca, eso sí.

Me voy a ver a Sheila al bar.

Cuando llego, me la encuentro limpiando vasos (¡cómo no!). El bar está vacío a excepción de las arpías de Carla y su apósito Helen.

—Hola, niña —le digo.

—Hola, Rebe, ¿qué haces por aquí? —Deja de fregar y se apoya en la barra.

—He venido a verte, para que me cuentes el misterio de las bragas de Sofí.

Las dos soltamos una carcajada que hace que Carla y Helen se den la vuelta para mirarnos.

Carla se levanta y se dirige a nosotras. Lleva un conjunto Calvin Klein que consta de unos pantaloncitos estrechos negros que no tienen suficiente tela para taparle el culo y un top minúsculo con una C y una K increíblemente grandes. La pobre Helen va exactamente igual pero en rosa. Me da penita.

—No creo que a Sofí le guste que sus empleadas se dediquen a sentarse en el bar y a reírse en horario laboral.

Miro a Sheila sin dar crédito a lo que estoy oyendo para descubrir que se está poniendo azul; tengo que decir algo, porque Sheila no tiene mucho aguante que digamos, es lo que se dice «de mecha corta».

—Carla, bonita, Sheila trabaja en el bar y yo tengo treinta minutos de descanso, en esos minutos puedo hacer e ir a donde me dé la gana. Por otro lado, no entiendo muy bien quién eres tú para opinar sobre nuestra vida laboral.

Pasmadas están la culona y su eco.

Sheila ha pasado del azul al rojo.

Yo empiezo a arrepentirme de haber hablado así a la imbécil esta, porque me huelo problemas.

—Yo soy Carla Vival, una de las mejores amigas de tu jefa y la persona que llena este centro de *glamour*. ¿Sabes que fui yo quien recomendó a Susana Echevarría las clases de pilates y que es por eso por lo que se ha apuntado aquí? No pienso tolerar que una persona de tu nivel me hable de esta manera. Helen, vámonos, tengo que hablar con Sofí inmediatamente.

Y se marchan. Son patéticas, se creen que están en un instituto americano y que son animadoras o algo así...

—Será guarra, la tía... —dice Sheila—, no te preocupes: yo he sido testigo y si Sofí te dice algo le diré lo que ha pasado aquí.

—Bah, da igual, cuéntame lo de sus bragas y a lo mejor puedo utilizarlo si me despide. —Y volvemos a reírnos como locas.

El misterio era simple, pero muy raro: resulta que Sofí le pidió a Sheila que pusiera su ropa (que acababan de traer de la tintorería) en su taquilla; Sheila, como es tan ordenada, sacó toda la ropa de las bolsas y la fue colocando pulcramente dentro; la ropa, según Sheila, toda de marca y exquisita, pero cuando llegó el turno de colocar las bragas algo le chocó.

—Tía, las bragas más feas que he visto en mi vida, de cuello alto, enormes y de un color entre marrón y beige. Horribles, y lo peor es que no eran unas... ¡eran todas! ¿Por qué usa esas bragas, Rebecca? Explícamelo, por favor...

Me meo, la tonta de Sofí lleva bragas de maruja. Me río muchísimo, hablar con Sheila siempre es instructivo y muy divertido.

La mañana pasa y Sofí no da muestras de enfado ni de

tener que hablar conmigo; bien, a lo mejor tengo suerte y ha enviado a Carla a la mierda para ponerse del lado de su maravillosa recepcionista y casi gerente del gimnasio.

De camino a casa en el tren ando sumida en mis pensamientos cuando me llega un whatsapp de Janet: me ha enviado un vídeo.

Lo descargo.

El vídeo empieza con una mujer de espaldas durmiendo, una mano empieza a destaparla y va bajando, descubriendo el cuerpo desnudo de la mujer (que es estupendo), hasta ahí todo correcto. Yo imagino que la mujer va a tener un sueño erótico o algo así, pero mi sorpresa es de campeonato ¡¡¡cuando la mujer empieza a gemir y a sacar del culo pelotas de tenis!!!

Pero bueno... ¿esto es normal? ¿Esto es excitante? ¿A quién coño le gusta esto?

Mi cabeza va a mil buscando respuestas. Necesito saber qué pasa por la cabeza de una mujer para, en un momento dado, preguntarse: «¿Cuántas pelotas de tenis me caben en el culo?»

Supongamos que la vida ha hecho que se plantee la pregunta, pero... ¿cómo es posible que lo haga?, ¿por quééééééééé? Que se grabe está claro, porque supongo que querrá tener testimonio gráfico de ese momento, pero... ¿para qué coño lo difundeeeeee?

Me tiene preocupada esa muchacha, con su cuerpo maravilloso y con ocho pelotas metidas en el culo...

¿Cuál va a ser su próximo paso? ¿Va a colgar un tutorial en YouTube?

Ay, qué mal está el mundo...

Quiero pensar que a Diego estas cosas no le excitan, a él lo que le gusta es el fútbol, y, claro, no me veo yo metiéndome en el culo ocho pelotas de fútbol...

Contesto a Janet:

Jajajajajajajajajajajaja
jajajajajajajajajajajaja
jajajajajajajajajajajaja
jajajajajajajajajajajaja
jajajajajajajajajajajaja
jajajajajajajajajajajaja
15.33

15.33

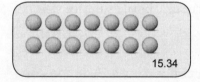
15.34

Y ya está, ella y yo nos entendemos.

Me apoyo en la ventanilla del tren riéndome todavía. Me deleito con el paisaje, que es una mierda de carretera llenita de coches, pero a mí me gusta, y empiezo a imaginar la vida de las personas que conducen.

Un Mini Cooper: lo conduce una chica que va de camino a casa. Ha salido de la universidad donde estudia Filología Inglesa. El Mini es un regalo de un papi adinerado que adora a su niñita estudiosa... Espera, no: la chica es una prostituta de lujo que se tira a un heredero europeo, está forrada de pasta y no viene de la universidad, viene de ponerse las uñas de porcelana y de depilarse el toto.

Un Ford Focus: el tipo que lo conduce es representante de productos de peluquería, ahora mismo se dirige a la peluquería de Vanya, una rusa imponente que lo vuelve loco. En casa tiene mujer y dos hijos, y a pesar de que sueña con Vanya todas las noches, jamás le sería infiel a Ana, su mujer.

Un Nissan Qashqai (es como nuestro coche): el hombre que lo conduce está totalmente enamorado de la chica que lleva al lado. Es guapísimo, como Diego, y ella es un bellezón. Vienen de encargar un viaje romántico por las islas griegas, ella le hace sonreír y él tiene la sonrisa torcida, como Diego. Están hablando de las noches de sexo desenfrenado que van a tener en el precioso hotel que han reservado. Ella le retira el flequillo a él, que lleva el pelo desenfadado y desaliñado y se le cae tapándole un ojo, como a Diego... ¡¡¡¡¡¡Me cago en su puta madre!!!!!! ¡¡¡¡¡¡¡¡¡Es Diego!!!!!!!!!

¿Qué coño hace? ¿Quién coño es esa? ¿Adónde coño vaaaaaa?

Me pongo a dar manotazos a la ventanilla y a gritar: «¡¡¡Diegoooooooooo, Diegoooooooooo!!!» Evidentemente, no me oye, y al final lo pierdo debido a la velocidad del tren. Mi primera reacción es pedirle al maquinista que pare, me levanto del asiento y corro hacia el vagón principal. Cuando estoy llegando me doy cuenta de que es una solemne tontería.

Me siento.

Cojo el móvil y le llamo ¡¡¡¡¡¡y el hijoputa lo tiene apagado!!!!!!

Joder, joder, joderrrrr.

Mira que llevaba tiempo pensando que me estaba poniendo los cuernos, me encantaba hacerme la víctima y fantasear con la idea de una ruptura trágica en la que todo el mundo me apoyaba a mí y no podían entender cómo Diego le hacía eso a una mujer tan maravillosa como yo, pero en el fondo sabía que era imposible, que Diego nunca me haría eso. Pensaba que era como el señor del Focus, que nunca engañaría a Ana con la puta de Vanya, que es una puta, lo acabo de decidir.

Tengo que tranquilizarme. Necesito llegar a casa y pensar lo que quiero hacer. No voy a adelantar acontecimientos, todo tiene una explicación, todo se va a arreglar.

El resto del camino lo paso en una conversación ficticia con un abogado ficticio que prepara mi divorcio.

La tarde no es mucho mejor: ha venido el técnico de la lavadora, ha tenido que cambiar no sé qué pieza importantísima y la factura sube un pastón.

Luego llega Keanu: ha suspendido nueve asignaturas de doce. Se lía una monumental, me siento culpable: he sido una madre horrorosa que no ha estado pendiente de su hijo mayor que está en la de edad del pavo y se pasa la vida enfadado con todo el mundo. De todas maneras, me parece muy egoísta venirme con que ha suspendido nueve cuando me están poniendo los cuernos con la Barbie Malibú.

—¿Cómo puedes hacerme esto, Keanu?

—Mamá, lo siento de verdad, es que no quiero estudiar; no quiero, mami, ¡quiero ser bailarín! —El sinvergüenza me lo dice haciendo un pasito de baile.

—¡¡¡Y yo quiero ser Naomi Campbell!!! ¡¡¡Tú te pones a estudiar pero YAAAAAA!!! Y te voy a decir una cosa: como repitas el curso, ¡¡¡te mato y no se entera ni el tato!!! —Me doy cuenta de que, enfadada y todo, me sale una rima, si es que soy una artista...

Entra en escena Uma.

—Mami, por favor, no digas esas cosas: estamos aquí Chloé y yo; luego te sorprende que alguno de nosotros suspendamos... ¡¡¡Si nos tienes traumatizados!!!

—¡Por favor, he parido a Esperanza Aguirre! —En realidad tengo que aguantarme la risa, adoro a esta niña, es increíble y maravillosa.

Keanu se está riendo y yo empiezo a descontrolarme de verdad.

—Mira, Keanu, es mejor que lo dejemos aquí. Ya hablaremos cuando esté más calmada, ahora vete a tu cuarto y ordena tu armario o lee o haz lo que quieras, pero no salgas hasta que yo te lo diga.

Me siento mal, pero mal, mal; quiero decir que no es un mal de esos tontos, es un mal físico que me ahoga, me sudan las manos, tengo frío, siento vértigos..., joder, ¿qué pasa?, ¿¿¿que voy a tener un ataque o qué???

Tengo que calmarme.

Me siento en el sofá.

Me enciendo un pitillo.

Me lo fumo.

Lloro.

¿Cómo puede estar pasando esto? ¿Qué voy a hacer? Empiezo a sentirme muy viuda y no me gusta nada. Veo mi futuro negro, voy a convertirme en una madre alcohólica y muy gorda, que se tirará el día en la cama mientras su hijo mayor roba, su hija mediana se escapará de casa, se convertirá en abogada y se quitará el apellido, y la pequeña...

la pequeña anda en pelotas todo el día, llena de mocos que nadie le quita.

Necesito hablar con alguien.

Janet me dirá que le corte el pene a Diego y se lo haga tragar, o que lo mate y lo descuartice y le envíe los restos a la Guarraquetecagas.

Andy me dará el número de un abogado.

Mamá se pondrá a llorar.

Papá me dirá que me vaya unos días a Cuba con él y su nueva familia.

Manu, voy a llamar a Manu, que tiene la sabiduría de una mujer y los huevos de un hombre.

—Hola, pelirroja, dispara.

Las palabras no me salen, tengo un nudo en la garganta que no me deja hablar y lo único que consigo es hacer un ruido que me hace parecer un lobo aullando a la luna.

—Aaaaaauuuuuuuuuuuuuuuuuuuuuu.

—¿Qué haces, nena? ¿Qué te has tomado?

—Ma-a-a-nu-u-u-u-u-u, he-e-e pi-pi-i-lla-a-a-do-o-o a-a-a-a Di-e-e-e-e-go-o-o-o con otraaaaaaaaaaaaaaaaa... buaaaaaaaaa, buaaaaaaaaaaaaaaa. —Rompo a llorar por segunda vez en lo que va de día.

—Ay, amor, tranquila, no hagas nada. ¿Dónde estás?

—En ca-a-a-a-a-saaaaaaaaaa.

—Voy para allá, no tardo nada, ¡¡¡prepárate una tila; y a mí, un gin-tonic!!!

Y me cuelga.

Mis gritos y lloros han atraído a mis hijos, noto la preocupación en sus caritas, no están acostumbrados a ver a la loca de su madre llorar.

—Mami, ¿qué te pasa? —me dice Uma mientras me

saca los mocos con un kleenex—. Cálmate, mami, todo tiene solución.

Esto hace que llore más y más alto; en el fondo me encanta que estén preocupados y el papel de víctima me va que ni *pintao*.

—Uma, cariño, no quiero que seas abogada —le digo.

Keanu me mira y sabe exactamente lo que necesito en este momento.

—Uma, prepara las cosas de piscina de Chloé y ponte la chaqueta, hoy os llevo yo: a mamá le ha venido la regla y le duele mucho la barriga. —Mi niño es un *crack*.

Lo miro agradecida pero un poco mosqueada porque pienso que podría haber dado otra excusa con un poco más de *glamour*, como por ejemplo que se me han roto las sandalias Manolo Blahnik que me compré en Nueva York... Claro que ni he estado en Nueva York ni tengo sandalias Manolo... Da igual, el niño es una maravilla y lo ha hecho maravillosamente.

Diez minutos después marchan los tres juntitos como unos niños huérfanos muy responsables y buenos, de esos de las películas.

Me enciendo otro pitillo.

Me lo fumo.

Llamo a Diego.

Apagado.

Quiero fumarme un porro. ¿Dónde podría comprar hachís? Cuando supere esta crisis voy a mudarme a Ámsterdam...

Visualizo a la zorra que lo acompañaba y en cómo le quitaba el pelo de la frente.

Lloro.

Me enciendo otro pitillo.

Vuelvo a llorar.

Me voy a la cocina y preparo dos gin-tonics.

Lloro.

Fumo más.

Cuando llega Manu me he fumado medio paquete y me he bebido los dos gin-tonics.

—Límpiate los mocos y cuéntamelo todo. —Se sienta a mi lado y pone cara de perfecto amigo comprensivo.

Los niños ya están aquí, Manu se ha ido pero antes ha sacado a *Lola* a pasear y me ha dejado la cena preparada para todos.

Estoy calmada pero por fuera, por dentro soy una bomba a punto de explotar.

Siento a mis hijos a la mesa de la cocina y les sirvo la tortilla de patatas con ensaladilla rusa que ha preparado Manu. Mis hijos y yo tenemos conexión y ellos se dan perfectamente cuenta de que no estoy en mi mejor momento, están calladitos y comportándose como si cenaran en la Moncloa.

Me preparo un café con leche; me encantaría beber té, lo encuentro muy glamuroso, pero desgraciadamente no aguanto las infusiones.

Mi charla con Manu ha sido fructífera, me ha dejado las ideas bien claras; necesito hacer una lista para que no se me olvide nada.

**LISTA DE PAUTAS DE COMPORTAMIENTO ANTE
LA INFIDELIDAD DEL CABRÓN-HIJOPUTA-QUE-NO-
MERECE-VIVIR-DE-MI-FUTURO EX MARIDO**

*No decirle nada, no explicarle que lo he visto, porque dice
Manu que, si no lo he pillado in fraganti, lo negará.*

*Comportarme como si nada hubiera pasado, siendo
encantadora y maravillosa.*

Follarme a Johnny Deep y restregárselo.

*Si no puedo follarme a Johnny Deep, follarme a cualquier
otro.*

*~~Si no puedo follarme a cualquier otro, follarme
a Elsa Pataky.~~*

Si no se folla, pues buscar otra manera de vengarme.

*Descubrir quién es la zorra y raparle el pelo con un cuchillo
de mantequilla.*

Bien, empieza mi plan. Este se va a cagar.

7

Estoy jodida, estoy hundida, estoy medio depresiva, estoy gorda y llevo el pelo del actor secundario Bob de *Los Simpson*.

Mis hijos me estresan, mi marido me pone los cuernos y encima no me habla porque dice que tengo unos cambios de humor insoportables.

¡¡¡No tengo cambios de humor, lo que me pasa es que te he visto, so cabrón, y mi amigo Manu me ha dicho que no te diga nada!!!

Voy a trabajar como una zombi y aguanto la bronca de Rosa por no haberme maquillado y soy incapaz de contarle nada.

Tampoco les he dicho nada a Janet y a Andy; no sé... me siento humillada y me da vergüenza seguir queriéndole...

Me gustaría rebobinar y no haber visto nada, quiero seguir con mi vida...

De repente, y sin saber por qué, mi mente se traslada al instituto, a la primera vez que vi a Diego. Siempre fue el más guapo y el más popular, todas las chicas estaban locas por él, todas menos yo, y eso no era porque no me gustara, es que lo veía tan inalcanzable que no me molestaba en babear por él.

Recuerdo la primera vez que me habló, recuerdo exactamente lo que me dijo: «Tienes la cremallera bajada.»

Que el tío más bueno de todo el insti te diga algo así, la primera vez que te habla, no tiene precio. Pero siendo como soy y sabiendo que nunca tendría la más mínima posibilidad de tener algo con él, le contesté: «Sí, ¿te molesta? ¿La visión de mis bragas te nubla o algo así?»

Dio una carcajada tan grande que se volvió toda la clase. Tengo que reconocer que mis bragas no le nublaban, pero su sonrisa a mí me dejó KO.

A partir de ese día, me buscaba constantemente, cualquier excusa era buena para hablar conmigo; la dinámica siempre era la misma: él me decía una gilipollez, yo le contestaba una burrada; él se reía, yo me derretía y todos nos miraban. Un curso entero duró la tontería.

El verano llegó, pensé que ya no lo vería hasta septiembre y me moría de la pena. Secreta e inevitablemente, me había enamorado de él. La sorpresa fue que consiguió mi número y me llamó, pasamos todo el verano juntos y, a partir de ahí, nadie nos separó.

El verano dio paso al otoño y este al invierno, y Diego y yo ya no sabíamos estar el uno sin el otro.

¿Dónde ha quedado todo eso?

Estoy reponiendo las toallas en el vestuario de chicas, pensando en que mi vida se va a la mierda, cuando oigo gritos en uno de los lavabos:

—¡Eres una hija de puta! ¡Sabes perfectamente que

estoy trabajando! ¿Qué más quieres de mí? —Los gritos se alternan con hipos de llanto. La mujer que está dentro lo está pasando muy mal—. ¡Te doy todo lo que puedo y nunca estás contenta! ¿Qué quieres?, ¿que deje mi trabajo?, ¿que deje de ser quien soy?, ¿que no tenga amigos? ¡Méteme en una puta burbuja y acaba conmigo de una vez!

Madre mía, qué dramática, me encanta, hace que me olvide de mis problemas, me sienta bien que otra sufra más que yo... ¿Soy mala persona?

—¡No lo aguanto más, no puedo, no me hagas esto, por favor! —vuelve a gritar.

¿Qué coño le pasará? ¿Y con quién estará hablando? Tiene toda la pinta de hablar con su pareja... ¡Uf, qué bien: una lesbiana en el trabajo! ¡Y, además, esta parece que tiene más problemas que yo! Joder, joder, joder, qué mala puedo llegar a ser... Sé que debería dar la vuelta e irme con mis toallas a otra parte, pero no puedo, oye, necesito saber qué va a pasar. La histérica del baño sigue llorando y gritando.

—¡Te quiero, Raquel! ¿Es que no lo ves? ¿Qué más puedo hacer? ¡Vas a conseguir matarme! —Ufffff, pobre mujer, ahora ya sí que empieza a darme pena...

—Ajkjdfks kjasdfdsa jiajaosdp aaaaaaaaaaaa. —Empieza a susurrar y no entiendo nada—. Aaaaaaaaaaaaah, aaaaaaaaaaaaaaaah. ¡Pues vete! ¡Si eso es lo que quieres, hazlo! ¿Que me vaya yo? ¡Es mi casa! ¡No pienso irme!

Eso es, pequeña, vocaliza.

—No pienso hacerlo, afdsfjasdp ahnfadofps.

Otra vez; joder, llora muy alto y habla muy bajito. Pego la oreja en la puerta, cuando, de repente, se abre de golpe; esto hace que me caiga de culo y desde mi perspectiva en el suelo veo unos zapatos de medio kilómetro de tacón...

Mierda: ¡la Echevarría!

Para rizar el rizo, entra en escena Sofí Amor y nos pilla de esta guisa: yo, tirada en el suelo con un montón de toallas a mi alrededor y con la cara colorada de la vergüenza y del dolor de rabadilla (qué nombre más feo, por Dios... rabadilla...), y la Echevarría con el rímel corrido hasta la comisura de los labios, los ojos hinchados de llorar y con cara de sorpresa, vergüenza y rabia.

Sofí Amor pone los ojos como platos y dice:

—Por Dios, ¿qué ha pasado aquí? Susana, ¿estás bien?

Pero bueno, esto es increíble, ¡soy yo la que está tirada en el suelo, puta francesa de pacotilla!

La tía es que ni me mira ni me ayuda a levantarme ni *na* de *na*.

La Echevarría reacciona:

—No ha pasado absolutamente nada. Esta chica... ¿Rebecca?, ¿Bárbara? Bueno, como se llame; ha resbalado mientras corría a traerme una toalla que le he pedido. —Acompaña su explicación con una mirada asesina.

—Pero, Susana, ¡si tienes todo el rímel corrido! ¿Te ha hecho llorar? —dice Sofí. Luego se dirige a mí—: ¿No le habrás dado una toalla rasposa?

Me estoy encendiendo poco a poco y la Echevarría lo nota.

—Sofí, tengo el rímel corrido porque es un nuevo producto que vamos a lanzar, se supone que es *waterproof* y estaba comprobando que no se corre con el agua. Intenta no desvariar más, por favor. —Me ayuda a levantarme y me dice—: Siento que te hayas caído, ¿estás bien?

—Sí, gracias, un poco dolorida, no me he roto el culo porque Dios no ha querido...

Sofí pone los ojos en blanco: ya ves he dicho «culo» y, claro, eso es equivalente a ser una grosera; pues menos mal que no he dicho «pompero», «pompo», «pandero» o algo parecido... Estas pijas locas no sé de qué van...

La Echevarría me mira divertida.

Me levanto, recojo las toallas mientras me observan. Me voy. Necesito ir corriendo a contárselo todo a Manu.

Manu no está y yo subo a la recepción. Sofí Amor no aparece en toda la mañana, doy gracias porque realmente no sé qué iba a decirme después de la escenita del vestuario.

Cuando salgo y me dirijo a la estación de tren, un coche impresionante con chófer y todo para a mi lado. La ventanilla de atrás se abre lentamente y aparece la cara (ya restaurada de chapa y pintura) de la Echevarría, que, sin mirarme, me entrega un paquetito blanco:

—Es una pomada, te calmará el dolor de «culo». —Sube la ventanilla y el coche arranca.

¡¡¡Estoy maravillada, sorprendida y contenta de que la mismísima Susana Echevarría haya tenido el detalle de comprarme una pomada para mi culo!!!

Whatsapp: ¡¡¡Diego!!!

> Te echo de menos...
> 😫😫😫😫   15.19

¡¡¡Joderrrrr!!! Me muero, ¿qué le digo? Ay, madreee, ¡¡¡¡¡¡¡no sé qué hacerrrrrrrrr!!!!!!!!

Llamo a Manu.

No contesta.

¡¡¡Mierda!!!

Tranquila, respira, Rebecca.

¡¡¡Joderrrrrr, qué nervios!!!

Eres una mujer adulta y poderosa que tiene un maravilloso plan trazado para vengarse y que está perfectamente capacitada para responder al infiel de su marido siguiendo las astutas pautas de su lista.

Whatsapp: ¡¡¡¡¡¡¡AAAAAAAAAAAAAAHHH!!!!!!!

> Dime algo, patatita al
> jamón.   15.20

A tomar por culo, no soy una persona adulta y no estoy preparada para nada.

Llamo a Janet.

—Janet, escucha y no hagas preguntas, el otro día pillé a Diego en el coche con una tía. Tenías razón: me está poniendo los cuernos. Él no sabe que lo sé, porque no le he dicho nada, tengo un plan para vengarme, el problema es que ahora me está enviando whats diciendo que me echa de menos. ¿Qué hago? ¿Qué le digo?

—Joder, nena, mucha información... Necesito aclarar alguna duda para darte una respuesta... ¿Puedo preguntar?

Mientras Janet habla, llega otro whats:

> Qué pasa, Ferrerito
> Rocher? Vas a ignorarme
> el resto de nuestra vida?
>   15.21

Joder, qué tierno..., ¡si es que me lo como!

—Pregunta, ¡pero date prisa, coño!

—¿Por qué te echa de menos? —pregunta Janet.

—Porque no nos hablamos, hace días que no estamos bien.

—Aparte de vengarte... ¿vas a perdonarle?

—No lo sé...

—Joder, Rebi, no puedo ayudarte... Mi consejo es que lo mates lentamente.

Mierda, lo sabía, no sé para qué coño la llamo.

—Vale, Janet, te cuelgo, te llamo luego. —Le cuelgo para no acabar diciéndole una burrada.

Piensa, Rebecca, ¡piensa!

Te vas a vengar, eso está claro, debes seguir las pautas de tu lista, y una de ellas dice: «Comportarme como si nada hubiera pasado», así que...

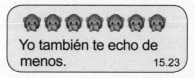

Yo también te echo de menos.   15.23

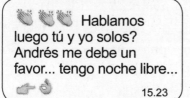

Hablamos luego tú y yo solos? Andrés me debe un favor... tengo noche libre...
👉👌   15.23

Vaya, qué sutil... ¿Qué coño se ha creído este?, ¿que lo va a arreglar todo con un polvo?

Ah, no, cabrón de mierda, ¡esta vez, no! Te va a costar mucho que te perdone... ¡mucho!

Lo estoy deseando...   15.24

> Llama a tu madre, amor,
> nos vemos en un rato. Tq
> 15.24

Y se desconecta.

Y yo me siento estúpida porque tengo unas terribles ganas de hacer como si nada hubiera pasado.

Cuando llego a casa, Janet, Andy y mi madre están en la puerta así:

Janet: vaqueros rotos, botas Hunter de agua, camiseta de los Ramones y chupa vaquera. Se está liando un cigarrillo y tiene una expresión de asesina en la cara que da hasta miedo, aun así, está preciosa.

Andy: va vestida con mallas negras y camiseta deportiva naranja, lleva un calzado de *runner*, de esos que parece que vengas del espacio. Su cara refleja preocupación. Janet se lo ha contado todo.

Mi madre: como siempre, va impecablemente vestida. Coño, parece que venga de un *photocall* con la Preysler. Lleva un vestido estrecho negro por debajo de la rodilla un taconazo negro y un abrigo rosa palo a juego con un bolso de mano. Me mira y no puedo describir lo que dice su expresión, que es entre cansada, enfadada, comprensiva y... ¡tiene un apretón y tiene que ir al baño ya! Eso es exactamente lo que le pasa... Janet no le ha explicado nada.

Cuando he llamado a Janet, se ha venido a casa inmediatamente para hablar conmigo y mostrarme su apoyo. En la puerta se ha encontrado a Andy que salía a correr, para ver si se encontraba al yonqui de kilómetros de su marido. Mientras Janet le explicaba lo que sabía de mi tema, ha aparecido mi madre que venía para quedarse con los niños (porque yo la había llamado) pero han tenido la decencia de no explicarle nada.

Estamos sentadas en la mesa de la cocina, mi madre ha marchado a por las peques.

Me he hinchado a llorar rememorando la infidelidad de Diego.

—Rebecca, cariño, creo que estás adelantando acontecimientos, no sabes nada de nada, no viste nada, no has hablado con él, ¡tienes que hacerlo, coño! —dice Janet.

—¡No tiene que decirle una puta mierda! ¡Ha visto lo que tenía que ver y no necesita nada más, lo que necesita es un buen abogado y a tomar por el culo! —grita Andy, totalmente sobrepasada.

¿Qué coño pasa? ¿Se han cambiado los papeles? ¿Janet serena y Andy histérica? El mundo se va a la mierda... Será culpa del calentamiento global o algo así...

—A ver, chicas, tranquilas, lo tengo todo planeado, voy a vengarme y una vez que lo haya hecho entonces y solo entonces decidiré qué hago.

—No sé, Rebecca, no lo veo claro... Hay algo que no me cuadra, no veo a Diego capaz de hacerte esto... —dice Janet.

—¿Llevas toda la puta vida diciéndome que me pone los cuernos y ahora que resulta que tenías toda la razón y que por fin lo he pillado dices que no te cuadra?

—Joder, nunca lo he dicho en serio... ¡¡¡Sois la puta pareja perfecta!!! Siempre lo he dicho para meterme contigo, era una especie de ritual entre nosotras, ¡coño! ¡NO me creo que alguna vez te lo hayas creído! —Está volviendo en sí, esta es mi Janet.

Sé perfectamente a lo que se refiere, que Janet me dijera

que Diego se folla a otra era una costumbre, un protocolo que teníamos entre nosotras, algo que se decía pero que no era verdad, y tiene razón, yo sabía que era broma, nunca, nunca me lo había planteado.

—Lo sé, Janet, pero la verdad es que lo he visto, las cosas son así, no hay más. Lo que necesito saber es si vais a apoyarme en lo que decida.

—Por supuesto —dice Andy.

—Vas a cagarla, pero... ¡la cagaremos contigo! —dice Janet.

—Bien, ahora vamos a decidir qué me pongo esta noche para que el infiel vea la maravillosa mujer que está a punto de perder.

Son las diez de la noche y voy en el coche con Diego. Voy sentada en el asiento donde hace escasos días iba la zorra esa quitándole el pelo de la frente a mi marido.

Sin darme cuenta, me descubro buscando pistas de la infidelidad por todo el asiento.

—¿Qué haces, gallinita? —Diego me mira sorprendido.

—¿Eh? Nada... Se me ha caído una goma de pelo...

—Pues no la busques, deja tu pelo tal y como está, estás guapísima, Shakira mía...

Me derrito, lo quiero tanto...

—¿Cómo es que te han dado el día libre? —le pregunto para cambiar de tema.

—Últimamente he sacado a Andrés de algunos líos y ha decidido recompensarme. Cosas de trabajo, amor. —Se acerca y me da un fugaz beso en la comisura de los labios.

Mierda... ¿Por qué ha tenido que estropearlo todo? ¿Por

qué ha tenido que engañarme? ¿No es feliz? ¿No tiene bastante conmigo? ¡Parece feliz, coño! No quiero dejarle, pero sé que así no voy a poder vivir, quiero darle un puto escarmiento, quiero que sufra lo que yo estoy sufriendo, quiero, quiero, quiero ¡que me dé otro beso pero ya!

—Diego, llévame a un hotel, vamos a sudar como cerdos..., ya hablaremos otro día.

Diego me coge la mano y la lleva a su braqueta, donde una enorme erección me espera.

—Eres increíble, Rebecca, después de veinte años y todavía sigues ejerciendo poder sobre mí.

Hace que me sienta una reina, una puta, una diva poderosa, hace que me olvide de que la falda se me clava en la barriga y que probablemente me esté haciendo una rozadura de no te menees.

Estoy en una situación desesperada, no sé qué hacer, el cuerpo me pide mambo y el corazón me susurra su nombre, pero, aun así, estoy confundida...

¿Qué me diría Manu?

Buah, está claro, Manu me diría: «O te lo follas tú o lo hago yo.»

A partir de ahí todo va a mejor, ya no hay cuernos, no hay enfados, no hay venganzas, no hay guarras que quitan pelos de la cara, no hay nada, solo él y yo... y toda la noche por delante.

Acabamos en un hotel de mala muerte que parece salido de la Ruta 666, estoy segura de que cuando entremos en la habitación y empecemos a desnudarnos un camionero asesino irrumpirá para matar a Diego y después atarme, amordazarme, meterme en un compartimento secreto que tiene en la cabina del camión, y cruzaremos el país haciendo paradas en hoteles similares donde irá reclutando nuevas mujeres...

La habitación está limpia, es todo lo bueno que puedo decir de ella. Mientras Diego va al baño yo busco por toda la habitación indicios del camionero loco que he decidido que se hace llamar el Barón de la Interestatal... Cuánto daño me están haciendo los programas de asesinatos de La Sexta...

Diego tarda mucho, ¿cuánto tiempo lleva en el lavabo? Empiezo a ponerme nerviosa, cojo el móvil y miro si Diego está conectado al WhatsApp y... ¡en línea!

¡Buah, es que soy imbécil! ¿Por qué estoy en una habitación de un hotel de mierda con un marido infiel?

—Diego, ¿qué haces?

—¿Eh? Nada, ya salgo...

Miro y sigue en línea.

—Diego, ¿vas a salir o qué?

Nada.

Estoy frenética, me subo por las paredes, ¡como entre ahora el camionero lo crujo!

Es increíble, soy patética y quiero irme a casa con mi mami, mis hijos y mi perra.

> Eres lo peor, sal y llévame a casa, el Ferrerito Rocher se ha derretido. 23.48

Cinco minutos después sale del lavabo.

—¿Qué te pasa ahora?

—¿Qué hacías en el lavabo tanto rato?¿Por qué coño estabas en línea?

Me planto delante de él y acerco mi cara a la suya.

—Iba a desnudarme cuando me ha escrito Andrés.

—No te creo. Enséñamelo.

—Lo he borrado, pero aunque no lo hubiera hecho no te lo enseñaría, estoy hasta los huevos de tu actitud desconfiada, infantil e inmadura —me dice mientras coge las llaves del coche.

—Eres un cerdo y un mentiroso. ¿Tú me vas a llamar a mí inmadura? Tú, que castigas a tu hijo cuando te gana al FIFA? ¿Tú, que te pones cachondo con la camiseta de Maradona? Eres un sinvergüenza, ¡llévame a casa pero ya! Luego, si quieres, vete con Andrés y te lo follas a él.

Media hora después de un viaje en coche de lo más incómodo me deja en casa y se marcha.

8

Diego no vino a casa a dormir ese día, me dijo que durmió en el coche porque no se veía capaz de aguantar una escenita de las mías.

Por supuesto, no me lo creí, y por supuesto, no pegué ojo y acabé metiéndome en la cama a mis tres hijos para sentirme acompañada. Sí, les desperté a la una de la madrugada diciéndoles que había oído ruidos, que papá tenía turno de noche y que se vinieran a dormir conmigo porque así les protegería mejor.

Los pobres, aterrados, se metieron corriendo en la cama con caritas de pánico. No me sentí culpable, en ese aspecto soy muy mala madre. A mi favor diré que daría la vida por ellos sin pensármelo un segundo.

Subo al tren y mis amigas me esperan como siempre, Rosa está fatal, todo su dolor se le refleja en la cara. Va encogida y puedo darme cuenta de lo muchísimo que ha adelgazado.

Cuando me siento, la señora Carmen (insoportable

como siempre) está contando no sé qué de no sé cuánto. Como ya ha empezado la conversación y cree que me interesa, me pone al día.

—Estaba comentando que mi hijo mayor va a casarse y mi futura nuera, que es un amor, me ha pedido que la ayude a organizarlo todo, supongo que su madre no tendrá el exquisito gusto que parece que tengo yo; no es por alabarme, pero es que todo el mundo me lo dice. Cuando yo me casé, mi marido dejó en mis manos todo y fue una boda preciosa, muy adelantada a aquellos años, fíjate que sacamos palomas blancas en la terraza del restaurante...

—Oh, qué bonito, yo me casé embarazada y no tuve una gran ceremonia, la verdad. Pero no importa: Pablo siempre ha sido suficiente recompensa para mí —dice Ana, que es maravillosa.

—Ana, hay personas que se conforman con poco, yo no soy así y parece ser que mi futura nuera tampoco, puesto que, si no, no se casaría con mi hijo —le responde Carmen con su cara de poni.

Ana baja la cabeza y no habla más.

Me sorprende que Rosa no saque las uñas, y cuando la miro veo que no está pendiente de la conversación; le cojo la mano, que es puro hueso, y le pregunto:

—Rosa, cariño, ¿cómo te encuentras?

Me mira y noto que sus ojos están húmedos.

—Me duele todo, Rebi, y tengo malas noticias: mi cáncer es egoísta, me quiere solo para él, se ha extendido y hoy me ingresan. Ya no me permiten ir y venir. Me tengo que quedar.

Me fijo y veo a sus pies una pequeña maleta de mano.

—Rosa, todo se va a arreglar. ¿Quién se queda contigo?

—Nadie va a quedarse conmigo, Rebecca, no tengo a nadie. De todas maneras, no hace falta: voy a estar muy bien atendida. No quiero que te preocupes, lo que sí quiero es que me cuentes de una vez lo que está pasando en tu vida, porque a mí no me engañas.

—No vas quedarte sola, Rosa, ahora mismo llamo a Sofí y le digo que me cojo vacaciones, voy a estar contigo.

—Respétame, Rebecca, esto quiero hacerlo sola. No sabes cuánto te agradezco que estés dispuesta a estar conmigo, pero entiéndeme: ya es todo muy duro como para encima tener que aguantarte.

La luz vuelve a sus ojos, así que me río y empiezo a explicarle detalladamente los acontecimientos de las últimas semanas.

—Rebecca, tienes que poner orden en tu vida, empezando por tu matrimonio y acabando por tu trabajo. Estás a tiempo, eres joven, no hagas el imbécil, tienes la vida por delante. Hazlo ahora, Rebecca, es el mejor consejo que puedo darte. Sabes que te quiero y no me gustaría irme sabiendo que tu vida es un caos. Arréglalo y hazlo antes de que me vaya.

La conversación me deja hecha polvo.

Llego al gimnasio con el ánimo por los suelos.

Rosa me ha hecho pensar, tiene toda la razón, el tema es que no sé cómo hacerlo, tengo sentimientos encontrados: quiero a mi familia y quiero a mi marido, pero, por otro lado, me siento traicionada y no creo que nada vuelva a ser igual porque siempre se lo echaré en cara, siempre me acordaré de su infidelidad; le volveré loco, volveré locos a mis hijos y me volveré loca yo.

—Rebecca, amor. —La voz nasal de Sofí me saca de mis divagaciones.

—Sí, dime.

—Susana Echevarría se ha dejado la agenda y ha llamado para que se la hagamos llegar. Por alguna razón que desconozco, quiere que se la lleves tú personalmente. ¿Crees que podrás hacerlo sin meter la pata?

Será zorra..., es que la odio, le pegaré un puñetazo en toda la cara, ¡ea! Ya no trago más porque no me da la gana, soy una profesional como la copa de un pino ¡y no tengo que aguantar esto!

—Lo intentaré, Sofí.

Si es que no tengo huevos para nada...

El camino hasta la oficina de la Eche es largo, pero decido ir andando, necesito pensar.

Suena el teléfono, es Lorena, mamá de Estrella (compañera de Uma en el cole).

—Hola, nena, ¿qué tal todo? ¿Me dejas esta tarde a Uma? Queremos hacer una manualidad y la necesitamos...

—Hola, guapa, sí, claro, no hay problema, ¿la pasas a buscar?

—Sí, la recojo y luego la dejo en tu casa, te cuelgo que entro en OCU —me dice.

—¿En la OCU? —Me suena muy importante—. ¿Qué es eso?

—La oficina del consumidor, nena, voy a ponerle una denuncia a un chino de uñas que se va a cagar.

¿A un chino de uñas? ¿Eso qué coño es?

—A ver, a ver, cuéntame eso. —Lorena es muy graciosa y muy burra explicando las cosas, así que presiento que me voy a reír un rato.

—Pues que he ido a hacerme las uñas de gel a un chino y he salido que se me llevan los demonios...

—¿Por qué? —Empieza a escapárseme la risa.

—Pues porque las uñas costaban veinticinco euros las dos manos, o sea diez dedos, si yo tengo nueve, ¿por qué no me ha descontado tres euros?

Lorena nació con nueve dedos, es algo que tiene asumido y que lleva con total naturalidad.

Suelto una carcajada.

—No te rías, que es verdad y encima el tío me ha dicho: «¡*Mila*, a *veses venil* con once dedos y *pagal* igual!»

Yo ya no puedo parar de reír.

—Y claro, nena, yo me he enfadado más y le he soltado: «¡Pues si te vienen con once dedos que se jodan y paguen plus, pero a mí la uña que sobra me la apuntas!»

—Pero ¿para qué quieres que te apunten una uña? —le pregunto entre risas.

—¡¡¡Porque si se me rompe una me la arreglo gratis!!! Y, si no se me rompe, cada nueve manicuras me sale una de balde.

Cuando oigo «balde» ya me descontrolo del todo.

—Además, cuando he llegado a mi casa y se lo he contado a mi madre, me ha dicho: «Pues que te hubiera hecho la uña del pie; a ver, si son diez dedos no te puede decir *na*.»

—Jajajajajajajá, ¿y cómo ha quedado el asunto? —le pregunto casi ahogada de la risa.

—Nada, nena, los chinos son duros.

Tardo más de diez minutos en reponerme de la risa.

Qué faltita me hacía, *Los chinos son duros*, pedazo de título para una película.

Cuando llego a la oficina de la Echevarría flipo. Es un edificio gigante, situado en el centro de la ciudad, con una arquitectura singular, tiene forma de bala y miles de ventanas, por lo menos debe de tener cuarenta plantas. El vestíbulo es blanco, totalmente blanco, quiero decir, ¡blanco pero blanco! Paredes blancas, suelos blancos, cuadros blancos, puertas blancas, flores blancas dentro de blancos jarrones... Madre mía, qué impresión. Me dirijo a la recepción, que por supuesto es blanca, y allí le pregunto a una chica, que parece Kate Moss y va de blanco, por Susana Echevarría.

La tipa me pide si tengo cita y yo le digo que me está esperando. No se lo cree, me mira de arriba abajo y vuelve a preguntarme.

—Su nombre, ¿por favor?

Me da tanta rabia que no me crea que le suelto:

—Dígale que soy la *assistant manager* de Sofí L'Amour.

¡Chúpate esa, guarrona desconfiada!

Marca un número en la centralita y habla por un micrófono que lleva en una especie de diadema, como los que usa Madonna en sus conciertos, pero en blanco, por supuesto.

—Señorita Echevarría, tengo aquí a la *assistant manager* de Sofí L'Amour. Sí, Sofí L'Amour.

La carcajada de la Echevarría se oye perfectamente.

—Puede usted subir. Planta 37 —me dice con una sonrisa perfecta en su perfecta cara.

El ascensor, como no, es blanco y en cada planta se abren las puertas. Estoy segura que en una de estas aparecerá la mujer del detergente Ariel que viene del futuro; pero no, no entra.

Nada más salir del ascensor en la planta 37 me encuentro una recepción con una chica idéntica a la de abajo.

—Hola, vengo a ver a Susana Echevarría.

—Sí, la está esperando, puede usted pasar, es esa puerta. —Y me señala una puerta blanca gigante.

Vale, ya estoy dentro del despacho, ahora sí que flipo, ¡este despacho es más grande que mi piso!

Es un espacio amplio, diáfano, una gran cristalera ocupa una de las paredes y se aprecian unas vistas de la ciudad increíbles. En medio del despacho hay una mesa de madera maciza, blanca y de estilo victoriano, y detrás de la mesa se encuentra la Echevarría, sus labios rojos y su pelo negro son el único toque de color.

—Así que la *assistant manager* de Sofí L'Amour... —me dice con un tono divertido y un brillo malicioso en sus perfectos ojos.

—Perdone, es que no he querido decir que venía del gimnasio, la pava de abajo me miraba como si no pudiera creerse que una persona como yo tuviera acceso a una como usted. —Mientras le digo todo esto no dejo de fijarme en el despacho, el techo es una maqueta de toda la ciudad, pero puesta al revés, maravilloso.

—¿Te gusta? Es impresionante, ¿verdad?

—Es maravilloso, alucinante. Es más: nunca había visto nada igual. De todas maneras, a mí me daría no sé qué trabajar aquí...

—¿Por qué?

He vuelto a pensar en voz alta. ¿Y ahora qué?, ¿se lo explico o me callo? No tengo nada que perder, es ella la que me ha preguntado, así que respondo:

—No se puede negar que es bonito, es mucho más que

eso, pero es frío, es casi inhumano. Como todo el edificio, tan blanco... No sé, esto debe de estar lleno de personas frías, insensibles y amargadas. —Y sigo admirando el techo.

—¿Personas como yo? —me pregunta.

—Sí, exacto, como usted y como las dos recepcionistas que, déjeme que le diga, son iguales... ¿Hacen entrevistas de trabajo o *castings* para entrar aquí?

Pero ¿cómo he podido decirle eso? ¿Por qué tengo que estar tan loca? Qué boca tengo... ¡Qué boca!

—Tienes razón, es frío, sí, es inhumano y hacemos entrevistas; pero, para ser honestas, pedimos con cada currículum dos fotos de cuerpo entero. En lo que estás totalmente equivocada es en lo de que yo sea una persona insensible: cómo pudiste corroborar el otro día, lloro, y mucho.

—Perdóneme, no quería decir eso, lo siento de veras, tengo un síndrome de incontinencia verbal. —Es la única gilipollez que se me ocurre.

—No seas imbécil, eso es justo lo que piensas de mí, y por favor tutéame. ¿Te apetece un café?

—No puedo quedarme, Sofí me espera.

La Echevarría llama por teléfono.

—Priscila, ponme con el gimnasio. —Priscila debe de ser una de las recepcionistas clonadas.

—¿Sofía? Rebecca está aquí: si no te importa, la necesito el resto de la mañana. Gracias. —Y cuelga, con dos huevos—. Problema solucionado, ¿te apetece ese café?

Dos horas después llego a casa, la Eche ha resultado ser una mujer fantástica, inteligente y con un sentido del humor bárbaro. Me ha puesto en antecedentes de su vida y la verdad es que no la envidio... Es mentira, sí la envidio, lo que no envidio es su vida sentimental, que es un desastre... Es mentira, sí la envidio: aunque sea un desastre es mejor que la mía.

Lleva doce años con su pareja, una modelo famosa venida a menos que le tiene unos celos profesionales que no veas. La Eche ya no sabe qué hacer, no sabe cómo tratarla y dice que desde que su pareja no tiene trabajo las cosas en casa están cada vez peor.

Hemos hablado también de su trabajo y de lo duro que es llevar una empresa como la suya (de la que resulta que es accionista mayoritaria). También le he contado mi problema con Diego, se ha portado maravillosamente bien y ha estado muy acertada y sensata con sus opiniones.

—Es un hijoputa, mándale a tomar por el culo —me ha dicho muy serenamente.

Estoy bien, estoy tranquila, hoy es viernes y voy a planear un maravilloso fin de semana con mi familia en el que, por supuesto, no voy a incluir a Diego, y no tiene nada que ver que le toque trabajar todo el finde.

Me despierta el sol. Estoy tumbada en la cama con una camiseta blanca y grande de Diego, no pienso levantarme hasta dentro de unos quince minutos y voy a estirar mi cuerpo como Pilar Rubio (leí un artículo del *Cuore* donde decía que eso es lo que hace todas las mañanas).

Cuando estoy a mitad del proceso, que resulta no ser nada glamuroso porque crujen todos y cada uno de mis huesos, entran los niños y la perra:

—¡Mami, mami! —gritan todos a la vez.

Se suben encima de la cama y me dan un abrazo todos a la vez... Bueno, *Lola* no me abraza pero me regala unos cuantos lametones.

¡Ohhh, qué feliz me siento; en la cama, con mi familia, el sol y una camiseta blanca muy ancha que me hace sentir delgada! ¡Vivo en un anuncio de Calvin Klein! ¡Somos perfectos, rubios, rosados y frescos!

Lo primero que pienso es en hacer un desayuno acorde a como me siento, así que voy a exprimir naranjas, hacer Cola Caos y tostadas. Quizás hasta baje a comprar cruasanes.

Hummm... no tengo naranjas... No importa.

Hummm... no tengo leche... (¿cómo se puede ser tan mala ama de casa?).

Empiezo a estresarme, la sensación de ser una madre Calvin Klein todavía no me ha abandonado, busco algo que pueda hacer para desayunar, pero... ¿qué?

—¡Mami, Cola Cao! —dice Uma.

—¡Mami, cereales! —dice Keanu.

—¡Bibi! —dice Chloé.

Ya está, se acabó el mundo sensaciones...

—¡Venga a vestirse todo el mundo que hoy desayunamos fuera!

Los niños piensan que es una decisión estupenda de mamá enrollada (nadie sospecha que no compré leche, ni cereales ni *na* de *na*).

Cuando logro que todo el mundo esté listo, me fijo y me doy cuenta de que parecemos un grupo de guiris desorientados.

Uma va de invierno/verano.

Keanu, con la misma ropa que el día anterior.

Chloé, falda sin leotardos y tacones de sevillana (esos que son rojos a topitos blancos), ¿quién se los ha puesto?

Lola de aquí para allá impaciente por salir y haciéndonos saltar a la comba con la correa.

¿Y yo? Madre mía... no queráis saberlo: en un intento de volver a mi anuncio, me he puesto unos pitillos y una casaca azul muy grande; mi idea era dar la sensación de *over size*... pero mi hijo Keanu, que es muy majo, me dice:

—Mamá, te pareces a ese hombre que canta la canción de: «¡Bombaaaaaa!»

Grrrrrrrrr... se refiere a King Africa...

Qué asco, vaya familia tengo, qué desastre...

Cuando estamos a punto de irnos, llaman a la puerta: es Janet.

—No subas, zorrón, que desayunamos fuera —le digo por el interfono.

Acabamos en el bar chino de la esquina de la siguiente manera:

- Keanu: Coca-Cola y Doritos.
- Uma: zumo y cruasán.
- Chloé: batido de chocolate y aceitunas.
- Janet: té verde y mini de queso.
- Yo: negra y pensando en lo mala madre que soy y en por qué no compré la puta leche...

—¿Cómo están las cosas, Rebi? —me pregunta Janet.

—Mal. —No me ando por las ramas.

—¿Has hablado con él?

—No. —No le cuento mi aventura en el hotel.

—¿Y qué pasa, putón, que no vas a hacerlo?

—No digas «pután», joder, ¡están aquí mis hijos!

Uma pone los ojos en blanco.

—Ay, vale, repito la pregunta: ¿Y qué pasa, zorrita, que no vas a hacerlo?

Uma vuelve a poner los ojos en blanco.

—«Zorrita» tampoco, ¡madura, coño! —le digo mientras le tapo los oídos a Uma.

—Vale, vale, ¿quedamos esta noche, nos tomamos unas copas y solucionamos el mundo? Puedo decir «copas», ¿no? —Es imbécil, la pobre, pero me hace reír.

Qué buena idea salir esta noche, me apetece muchísimo tomarme una copa y tirarme la noche hablando de mí y que mis amigas me mimen y estén pendientes de mí toda la noche.

Me veo en un restaurante italiano con mantelito a cuadros rojos, comiendo pasta y bebiendo vino, charlando tranquilamente; y llorando, eso sí, porque si no lloro no me hacen caso.

—Diego acaba su turno a las cinco, esta noche estará en casa, así que nos vamos de juerga. Llama a Andy, ¿te importa que venga una nueva amiga con nosotras? —Se me acaba de ocurrir invitar a la Eche.

—¿Una nueva amiga? ¿Quién? ¿De dónde? ¿Por qué no sé nada de esto? —Mientras me pregunta saca de su bolso una libretita y un boli y hace como si fuera un policía, me meo con ella.

—Es una sorpresa. —Sé la admiración que siente por la Eche, la misma que Manu... ¡Joder, Manu!

—Manu también vendrá, ¿de acuerdo?

—Hummmmmm, interesante, ¿se avecina un fiestón? —Sigue con su parodia.

—No, cena, copas y buena conversación.

—¡Perfecto! Una cosita, Rebi: eso que Chloé se está comiendo... ¿es una servilleta?

—¿Eh? ¡Sí, joder!

De camino a casa llamo a la Eche y a Manu, a Diego mejor se lo digo en casa.

Mis conversaciones son las siguientes:

CON LA ECHE

—Hola, Susana, soy Rebecca, ¿te apetece salir esta noche? —digo con un tono jovial.

—¿Qué pasa? ¿Que ahora somos mejores amigas? ¿Vamos a pintarnos las uñas la una a la otra y escribir un diario conjunto? —me dice secamente.

¡Mierda! ¿Cómo se me ha ocurrido? ¿Por qué coño soy tan tonta? ¿Me invita a un café, me cuenta cuatro cosas y ya pienso que soy su puta alma gemela? De todas maneras... ¿será zorra? ¿Cómo se puede ser tan borde?

—Perdone, señorita Echevarría, ayer me dio la impresión de que era usted humana. —¡Zasca! ¡En toda la boca!

—Jajajajá, me meo contigo, ¡estaré encantada! ¡Me apetece muchísimo! ¿Cuál es el plan? —Por lo visto era una broma, jodido sentido del humor que tienen estas pijas lesbianas.

—Cena, copa y buena conversación, tú, yo y tres amigas. —Si Manu supiera que la considero «amiga» tendría un orgasmo súbito.

—*Okey!* Si no tenéis inconveniente, lo organizo yo

todo: Raúl os pasará a buscar por tu casa a las siete. —Y cuelga sin darme opción a contestar.

CON MANU

—Hola, maricón, ¿quedamos esta noche? Vienen Janet, Andy y una pequeña sorpresa...

—Hola, frígida tetona, me apunto. ¿Cuál es la sorpresa? No me traerás a una «tenienta coronela» de los marines americanos, ¿no?

—Jajajajá, mejor que eso, a las seis y media en mi casa, *ciao*!

—Beso, cariño, *bye!*

Son las siete en punto cuando llaman a la puerta.

Diego ha llamado para decir que tenía que hacer horas y que no llegará a casa hasta la noche. Estoy fatal, me miente descaradamente y no le importa.

He tenido que llamar a mi madre que, como siempre, ha venido encantada.

Janet está increíble con un *short* de piel, una camisa negra transparente y un taconazo negro con una cremallera plateada.

Andy, espectacular, con un vaquero estrecho, un top verde militar de raso de esos que parecen lencería; lleva unos tacones del mismo color del top, me fijo y veo que está más delgada, le preguntaré si está haciendo dieta.

Manu es un pedazo de hombre, lleva pantalón y camisa vaquera con unas Timberland. Está guapísimo, el cabrón.

—Vale, mami, nos vamos; cualquier cosa, llama al móvil.

—Sí, amor, no te preocupes y pásatelo bien, yo cuando acueste a los niños voy a echar un vistazo a una app nueva que me ha explicado mi amiga Sara que es la bomba. Se llama Adopta Un Tío y es para ligar... ¿No es emocionante? Le voy a pedir a Uma que me haga unas fotos para subirlas a mi perfil; ya sabes la mano que tiene esta niña para las fotos, debe de haber salido a la rama del padre, porque hija, en nuestra familia las fotos se nos dan fatal... —Joder, tengo que cortarla.

—¡Vale, mami, hasta mañana!

—¡Adiós, chicas! —Y empieza a darles besos a todas mientras yo me retoco en el espejo del recibidor.

Horrorosa, estoy horrorosa, incluso me da vergüenza salir, me estoy echando atrás y creo que no voy a ningún lado.

Me he puesto un vestido de color burdeos estrecho y unos zapatos negros, mi pelo es un desastre y he tenido que recogerlo en un medio moño ridículo y feo. Parezco una señora de setenta años que va a misa. Pero es que no tengo nada que ponerme, no solo es porque estoy gorda, también tiene que ver con que con la mierda de sueldo que cobramos, tres hijos y un puto alquiler de un piso de mierda, ¡nunca me llega para comprarme nada!

—Vamos, Rebecca, no te mires más, estás divina. —Andy es un amor y yo decido pasar del físico, voy a pasármelo bien y punto, ¿qué más da que parezca la cantante de Mocedades? Ya no quiero restaurante italiano, ahora quiero discoteca, baile y llegar a casa oliendo a ginebra de garrafón.

—Sí, eso, vámonos ya, ¡quiero saber cuál es la misteriosa amiga que tiene chófer y todo! —dice Manu mientras me agarra del brazo y abre la puerta de casa.

Salimos todas.

El chófer de la Eche nos abre la puerta del impresionante coche y por un momento nos sentimos las Destiny's Child.

El coche arranca hacia un destino que desconozco entre grititos de placer y risas tontas.

9

La casa de Susana está a las afueras de la ciudad y es impresionante, por lo que puedo ver, cuento unas seis habitaciones, cuatro baños y un vestidor del tamaño de Madrid.

Ella nos estaba esperando con una bandeja de canapés y unas copas de champán.

Manu no da crédito, lleva desde que hemos llegado con la boca abierta y riéndose cada vez que la Eche dice algo. Janet, una vez superada la impresión, ha entablado una conversación de lo más profesional sobre cosméticos.

—Utilizo todo, absolutamente todo de tu marca, me parece maravilloso, y el maquillaje... ¡oh, qué tonos, me vuelven loca!

—La verdad es que tenemos un equipo de profesionales muy competente trabajando en la empresa. —Está hinchada como un pavo, la tía.

—Yo también utilizo tu cosmética, a pesar de ser un poco cara, merece la pena, sabes que funciona, así que no das el dinero por perdido. La crema facial antiarrugas es una pasada —dice Andy, que, a pesar de que no le gusta casarse con nadie, sé que se está marcando un farol de los gordos: el día que Andy utilice crema antiarrugas yo me tiraré a un modelo.

Manu, que está loco por meterse en la conversación, dice:

—La verdad es que si yo fuera mujer también la utilizaría, pero para ser honesto te diré que, a veces, cuando quiero ser Madonna y me maquillo, lo hago con tus productos.

Susana suelta una carcajada y Manu se derrite. Todos me miran a mí, parece ser que me toca alabar, pero...

—Pues mira, yo no he probado nada, no me maquillo mucho y el mundo cremas no va conmigo. Además, la publicidad de tu marca, toma el pelo y eso no me gusta.

—A ver, si vamos a ser amigas hay que ser sincera.

Las chicas y Manu me miran sorprendidos y Susana tuerce el gesto.

—No le hagas caso, Susana, es una inculta y una borde, ya la irás conociendo —dice el perro de Manu, que ha tardado treinta minutos en venderme.

—No, me interesa, ¿a qué te refieres, Rebecca? ¿Qué quiere decir exactamente «la publicidad de tu marca toma el pelo»? —Joder, con ese tono de voz y esa mirada de Cruella a ver quién tiene huevos para responder.

—A ver, Susana, te voy a poner un ejemplo. —A mí es que el champán me produce seguridad, así que le voy a decir cuatro verdades—. El Reductoline ese: resulta que te adelgazas mientras duermes, una cremita de nada y te deja que ni la Pataky, oigan; la chica que se lo pone, que debe de tener entre diez y quince años y pesar tres kilos, se acuesta con unas braguitas perfectas, de esas que a pesar de ser brasileñas no se le meten por el culo. Y no solo eso, es que la tía no tiene ni un gramo de más, quizá lo tiene de menos... ¿Me puede explicar alguien para qué se pone el Reductoline de los huevos? Mira, Susana, yo he tenido tres embarazos, me he engordado unos treinta y cinco kilos en total, tengo la barriga rota, ¿qué me estás contando? ¿A que me pongo el Reductoline y aparezco al día siguiente por aquí con mis braguitas no tan perfectas y juzgas tú misma? Es como el anuncio ese de Silk Express, ¿lo habéis visto? Ese es para flipar: los niños del anuncio llegan a casa llenos de mierda, de haberse tirado al barro (si mis hijos hacen eso no sé lo que les hago) y la madre (que lleva una camisa blanca, de un blanco que yo no he conseguido en mi vida) ¡ni se inmuta, la tía! Y además... ¡sonríe! Venga, hombre, ¿quién se cree eso? ¿Qué hace un niño de doce años metido en un charco de barro? ¿Qué se cree?, ¿que es Peppa Pig? No engañéis, hombre, que ya está bien. —Y así acabo mi monólogo.

Todos me miran, si esto fuera un *sketch* de la tele, ahora mismo se oirían grillos. Las niñas y Manu están esperando a que la Eche se levante y nos eche a patadas de su mansión; pero esta, después de un tenso minuto, estalla a carcajadas, hasta que le sale el champán por la nariz (literalmente).

—Jajajajá, tienes toda la puta razón, jajajajá, eres un genio, jajajajajá. Tienes que darme tu punto de vista sobre muchísimas más cosas, pero ahora no, ahora vamos a quitarte ese vestido de Angela Merkel y a maquillarte con mis productos, vamos a ir a cenar y no puedo permitir que vayas así. —Me coge del brazo y subimos por una escalera de mármol que parece ser que lleva a su vestidor.

El vestidor es una habitación alargada con armarios abiertos en las dos paredes laterales y, entre estos, bancos de piel de cebra; me quedo muerta: en esa habitación la Eche tiene más ropa que el Zara de mi pueblo.

—¿Qué talla usas, Rebecca?, ¿la 44?, ¿la 46?

—La 46. —Qué vergüenza—. No te vayas a volver loca buscando, está claro que nada de lo que tengas me va a ir bien.

—Calla, alma de poca fe.

Susana coge de una percha un jersey negro liso y ancho que al tacto es maravilloso.

—Ponte esto encima de tu vestido.

Mi vestido es estrecho, por debajo de la rodilla y con una raja detrás muy insinuante. Susana me da también unos zapatos negros de tacón verdaderamente increíbles y que cuando me los pongo advierto que son Prada... Por favor, llevo puesto en los pies mi sueldo de tres meses. Sin dejar que me mire, Susana me sienta en un tocador lleno de luces como los de las estrellas de la tele y que está lleno de cajones que a su vez están repletos de cremas y maquillajes.

Cuando ha terminado me levanto y me miro.

El vestido de Merkel se ha convertido en una falda lápiz con un jersey maravilloso con mucha caída que me tapa el culo, queda muy chic, y complementado con los zapatos... ufff... ¡brutal!

Susana me ha recogido el pelo en un moño italiano como los que llevaba Grace Kelly y me ha maquillado los ojos en tonos negros, y para los labios ha encontrado el mismo tono burdeos de mi vestido/falda: no me reconozco, estoy guapísima.

Susana me mira maravillada y yo me ruborizo, a ver

si se está enamorando de mí... Si es que no estoy nada mal...

—Estás guapísima, reina. —Y me da un beso en la mejilla que hace que vuelva a ruborizarme.

—Susana, te lo agradezco mucho, la verdad es que me siento muy bien, te prometo que te devolveré todo sin un rasguño.

—Puedes quedártelo, te sienta mejor que a mí. —Y me da un toque en el culo.

Ay, madre; ay, madre... ¡Tengo unos putos Prada! ¡Solo me falta un trabajo digno, una casa blanca con ventanas azules y un marido que no sea un cerdo infiel!

Cuando bajamos, las chicas me reciben con un aplauso, son idiotas las pobres, pero las adoro.

Susana nos lleva a un restaurante de lujo en el puerto, donde me consta que hay lista de espera para reserva, aun así la reciben babeantes y le dan una mesa con unas vistas increíbles al mar. Estoy deseando explicárselo a Sofí Amor para que se ponga verde.

La comida está buenísima, pero me molesta que no llamen a los platos por su nombre: deconstrucción de patata sobre nido de rúcula con mousse de aceite de lavanda... tortilla de papas con ensalada de toda la vida.

El camarero, que sirve exclusivamente a nuestra mesa, no deja de llenarnos las copas de vino, y la conversación se va animando.

—¿Cómo vas con la Guarraquetecagas? —le pregunto a Janet.

Manu le explica brevemente a Susana quién es la Guarraquetecagas.

—Calla, calla, no puedo con ella, no sé cómo destapar

su puta vida de mentira. Ahora dice que se compra una finca y no deja de colgar fotos de cabañitas en el bosque, como la del abuelo de Heidi, que cada vez que veo una puta foto me entran ganas de comer pan con queso. Es una zorra, tiene a todos sus seguidores engañados, tía, ¡vegana por los cojones! ¡Que me ha dicho Javi que se comía cada pollo a l'ast que no veas! —Janet se va poniendo roja, se calienta sola cada vez que habla de la Guarraquetecagas—. Qué asco, de verdad, una finca dice... So perra, ¡te vas a comprar una puta choza en un descampado! ¡Además, no os lo perdáis, ahora también es creadora de emociones! ¿Qué coño es eso? No me extraña que haya tanto paro, ¡si ella sola tiene seis mil puestos! Pero, bueno, ya se lo dije el otro día, si no me hubieran echado, le habría dicho más cosas.

¿Cómo? ¿De qué coño habla?

—¿El otro día? ¿Te echaron? ¿De dónde? —le pregunto.

—De la Cerdiquedada —contesta.

Susana suelta una carcajada.

—¿De la qué?

—La C-E-R-D-I-Q-U-E-D-A-D-A.

—Janet, no me jodas, ¿eso qué es? —pregunta Andy.

Me temo lo peor y empiezo a arrepentirme de haber quedado con ellas y con Susana. ¿Qué va a pensar? Que estamos todas locas...

—Cuenta, cuenta —dice la Eche.

Jodida lesbiana, loca y cotilla...

—Nada interesante, la Guarraquetecagas que organizó una quedada el domingo pasado para todos sus fans.

—¿Perdona? O sea... ¿hola? —dice Manu, que se está haciendo la pija para Susana.

—Sí, sí, muy fuerte, está zumbada... La cuestión es que

yo fui, me moría de ganas de verla en persona y oírla hablar...

Todos ponemos los ojos en blanco, todos menos Susana, que está riendo a carcajadas.

LA CERDIQUEDADA
Anuncio en Facebook:
«¡Notición oficial! Hola, cuquis. ¡Ya podéis apuntaros a la Súper Quedada Verde que voy a organizar! ¡Va a ser algo muy especial, con muchas sorpresitas y con mucho amor! (❤❤❤). Estoy loca por conoceros, tengo mucho que contaros y mucho amor que repartir. ¡Os espero!»
Como comprenderéis, allá que fui.
Me compré una peluca pelirroja, de pelo largo y liso, y me disfracé de hipster, *si me veis os meáis de la risa, estaba irreconocible.*
Entro en el hotel, preguntando por la Cerdiquedada, y me envían a la sala de actos. Para flipar.
Cuando llego, primera bofetada en la frente: la sala llena de gente hippie y con caras de fumaos, *todos mirando con expectación hacia el escenario, como si fuera a aparecer Paulo Coelho y solucionarles la vida.*
Se apagan las luces, empieza a sonar «Sweet home Alabama», se enciende un proyector gigante, con una imagen de un campo de girasoles y con las palabras «Country Style» escritas.
Yo me quiero morir cuando la gente se levanta y empieza a bailar y a dar palmas. Empiezo a sentir miedo, porque parece que son La Familia de Charles Manson.
Yo me hundo en mi silla y espero a que salga la imbécil.

Y aparece... ya ves si aparece, y se cree la estúpida que es Oprah Winfrey.

La gente empieza a aplaudir como loca y yo no entiendo nada.

Se pone a hablar de su modo de vida, de que es vegana, animalista y yo qué sé más.

Da recetas de cocina.

Cuenta una historia de amor (que supuestamente está viviendo ella).

Baila.

Canta.

Lee poesía.

Sortea una máquina para hacer espaguetis veganos.

Y, por fin, llega el turno de ruegos y preguntas.

La gente, loca, le pregunta las cosas más inverosímiles del mundo:

- ¿A qué edad te desvirgaste?
- ¿Cuántos novios has tenido?
- ¿Podrías darnos una receta de helado vegano?
- ¿Quieres tener hijos?
- ¿Cada cuanto te tiñes?
- ¿Cuánto ganas en YouTube?

A cada respuesta, un aplauso, y yo cada vez más enfadada. Hasta que ya no puedo más y le pregunto:

—¿Has puesto los cuernos alguna vez?

La muy mentirosa contesta que no, que ella cree en el amor y no en el engaño.

Le grité que era una mentirosa de mierda y que comía pollos a l'ast y que tenía todos los oficios del mundo; además le dije que era una egoísta, una copiona y que medía un metro diez.

Tres fans sectarios me cogieron por las axilas y me pusieron de patitas en la calle.

Y así es como acaba su relato. Estamos todos anonadados, Janet está avergonzada por su indigno final.

La Eche está muerta de la risa.

—No te creo, no puedo creer que hicieras eso —dice Manu.

—Hay testimonio gráfico en su Facebook —contesta Janet.

—¡Quiero ver eso! —dice la Eche mientras echa mano de su móvil—. ¿Cómo se llama? Voy a meterme en su perfil.

—Guarraquetecagas —contesto yo.

—¿Su nombre en Facebook es Guarraquetecagas? —Susana se mea.

—No hombre, no, su nombre artístico es Moonlight, lo sé: es de pedrada en la boca...

Susana la encuentra y empieza a enseñarnos las fotos de un grupo que lleva agarrada a una loca con el pelo rojo y que tiene la cara desencajada de gritar. Janet está irreconocible, parece un travesti venido a menos.

—Mirad el comentario que pone la hija de puta en la segunda foto, en la que yo estoy tirando la bota al escenario —dice Janet.

—«Pobre alma perdida... deseo profundamente que esta chica encuentre la paz. Cuenta conmigo si te sientes sola y no encuentras tu camino. Te he perdonado» —lee la Eche, que no puede más de tanto reírse.

No doy crédito.

—Qué asca de vida —dice Janet.

—¡ZASCA DE VIDA! —gritamos Manu y yo a la vez, y explotamos todos a reír.

Janet no puede más y estalla también.

Miro a Susana y está radiante, riéndose como una niña. ¡Qué amigas más maravillosas tengo! ¡Son una terapia para cualquiera! Todo el mundo está feliz, todo el mundo ríe, todos menos Andy.

Andy está separando la comida en pequeños montoncitos.

—Andy, casi no comes, ¿estás haciendo dieta? —le pregunto, porque llevo toda la cena observándola y no está comiendo nada.

—¿Dieta? No, no, para nada, simplemente como sano y hago cinco comidas diarias, por eso no tengo mucha hambre, pero de dieta nada, el problema es que no he encontrado en la carta ninguna proteína que me apeteciera y es que hoy me toca proteína.

—Vamos, que estás haciendo dieta. —A mí esta no me engaña, que hace quince años que la conozco.

—Que no, coño, que solo como bien.

—Pero si estás más delgada —le contesto.

—Eso es porque salgo a correr. —Lo dice avergonzada, porque a Carlos, su marido, el que ella considera adicto al *running*, lo hemos puesto a parir.

—¿Perdona? ¿A correr? —A ver qué me contesta.

—Sí, salgo detrás de Carlos, a ver adónde va, porque no me trago que haga diez kilómetros todos los días; solo llevo un par de semanas y por ahora no lo he pillado, claro que lo pierdo muy rápido, es que no veas cómo corre el cabrón.

Uf, menos mal, está corriendo por una buena causa, por un momento pensé que corría por salud...

Manu y Susana tienen una conversación paralela de la que no me estoy enterando, pero están tan a gusto y veo a Manu tan feliz con su diva que no les interrumpo.

Cuando llega la cuenta me da un soponcio, no sé qué coño voy a hacer, las niñas y Manu tampoco. Gracias a Dios, Susana dice que paga ella, ¿¡cuánto dinero tiene esta mujer!? ¡La cena ha costado mil doscientos euros, que es más de lo que yo cobro!

—Susana, deja que te demos algo, esto es muy caro —le digo con la esperanza de que no me haga caso.

—No, luego me invitáis a una copa y estamos en paz. —Tajante como siempre.

Menos mal.

—¿Y adónde vamos ahora? —pregunta Janet.

—Susana nos lleva a Poison, una discoteca exclusiva llena de famosos a los que despellejar —contesta Manu, que se ha nombrado portavoz de la Eche.

En la discoteca nos dan un reservado y, de camino a él, veo un montón de caras conocidas de la tele y todos parecen conocer a Susana; Manu no se separa de ella, además de portavoz es guardaespaldas, son Kevin Costner y Whitney Houston y a mí me encanta.

Las copas empiezan a caer y nosotros empezamos a subir.

Janet, Andy y yo bailamos como descosidas mientras Susana y Manu cotorrean sin cesar, el reservado se llena con amigos de Susana, y yo me siento embriagada, como si esta fuera mi vida, una vida de fiesta en fiesta, sin hijos, sin marido, sin perra, sin un trabajo miserable... Espera, espera...

¡quiero a mis hijos!, ¡quiero a mi marido!, ¡quiero a mi perra!

Estoy borracha, no pienso con claridad, tengo ganas de llorar y de estar con Diego.

Saco el teléfono. Última conexión de Diego hace diez minutos y son las tres de la mañana... ¡Perro! ¿Con quién hablas? No voy a escribirte ningún whats, ¡voy a pasármelo teta sin ti en mi nueva vida de fiestas y *glamour*!

Bailamos y bebemos durante un buen rato más, que me sirve para sudar toda mi rabia, para sentirme libre y para emborracharme más cuando:

—Rebecca, quiero presentarte a alguien —me susurra Susana.

—Por supuesto, ¡estoy disponible! —Janet y Andy aplauden y me vitorean.

—¡Vamos, loba! ¡Cómetelo todo, jamona! —Encantadoras como siempre.

—Rebecca, Gabriel; Gabriel, Rebecca. —Me presenta a un tío de dos metros con un cuerpo y una cara que solo se ven en revistas... Un momento... ¡yo lo he visto en revistas!

—Hola, Gabriel, ¿tú no eres ese tío que está tan bueno? El del anuncio del perfume ese... Victorius. —Maldita ginebra que me desata la lengua.

El pedazo de hombre se ríe, me rodea la cintura con un brazo perfecto y musculoso, y me estampa un beso en toda la boca.

—Sí, soy yo, encantado, Rebecca, tienes una boca terriblemente atractiva y un culo... mmmmmm. —No doy crédito a lo que está pasando.

¿Le he dado un beso en la boca a un modelo que me está susurrando al oído que le gusta mi culo?

—¿Quieres tomarte una copa conmigo? —Qué voz... ¡Qué voz tiene este tío!

Lo miro, porque pienso que me está tomando el pelo, y me voy directamente a la Eche.

—Oye, Susana, el chico este que me acabas de presentar, el modelo... ¿está bien de la cabeza? Lo digo porque me parece que me está tirando los tejos. —Gabriel no deja de mirar, creo que está esperando una respuesta.

—Sí, está perfectamente bien de la cabeza, y sí, te está tirando los tejos. Rebecca, a Gabriel le gustan las mujeres curvis, y antes de que me preguntes te diré que las curvis son mujeres con curvas, grandotas, así, como tú.

—¡Estoy casada, joder! —le contesto a Susana, mirándola directamente a los ojos.

—Ah, es cierto, me había olvidado de ese marido tuyo que te pone los cuernos y no sabe tu nombre, por eso te llama «quesito», «jamoncito» y bla bla bla. —Da media vuelta y se va.

No quiero escucharla a pesar de que tiene razón, pero yo no soy así, no puedo hacerle esto a Diego, es mi marido y lo quiero, claro que... ¡me está poniendo los putos cuernos!

Gabriel me mira y se muerde el labio inferior... Madre mía, ¡si es que me está poniendo cachonda!

Busco con la mirada a mis amigas, necesito hablar con ellas y saber su opinión.

Janet está bailando descalza, subida en la tarima donde hace menos de un minuto había una chica en tanga y con las tetas al aire, está totalmente entregada a la causa.

A Andy no la encuentro, no la veo por ninguna parte.

La Eche está sentada en uno de los sofás con las piernas

encima de un hombre y comiéndole la boca con desesperación... ¿Cómo? Pero ¿no era lesbiana? Pero ¿no tenía pareja? ¿Dónde coño está Manu? ¡Tiene que ayudarla! ¡Ese depravado se está aprovechando de ella porque está borracha!

Busco a Manu y lo encuentro en el mismo sofá con una tía encima que le está comiendo la boca desesperadamente y abusando de él, ¡porque está borracho! ¡¡¡Joder: la Eche y mi Manu se están enrollando!!!

¡A tomar por culo todo!

Me acerco al tal Gabriel y le susurro al oído:

—Venga esa copa.

10

Estoy borracha, estoy borracha y son las seis de la mañana, voy en el coche de Susana y estoy intentando darle la dirección de mi casa al chófer.

—*Alle an osé, an osé uvero eis.* —Creo que no me entiende.

—Señorita, no se preocupe, la señorita Echevarría ya me ha indicado.

Oh, qué voz, parece un locutor de radio de esos que escuchan tus problemas.

No le veo la cara, pero tiene una nuca que... mmmmmm.

El alcohol me pone caliente, siempre, no puedo evitarlo, y este chófer no para de tocarse la nuca, su perfecta y bonita nuca, qué cerdo, se me está insinuando... ¿Por qué, si no, hace eso?

—¡Déjeme *anquila*! ¡Soy *una muer* asada y *engo* una *ida aravillosa*!

Eso es mentira, tengo una vida de mierda, mi marido me pone los cuernos.

—*Ale no*, no tengo una *ida araillosa, ero* no se me insinúe *as*, ¡soy *ua ujer espetable*!

—No se preocupe, señorita, sé que es usted respetable. Permítame decirle que hemos llegado a su domicilio. —Su voz es tan viril..., su voz me acaricia la piel.

—¡Deje de *acaiciarme*, le he *icho* que no!

¿Dónde está? ¡Se ha bajado del coche! ¡Ay, madre! ¡Es que soy irresistible, me va a sacar del coche y va a poseerme encima del capó como en un vídeo de reguetón!

La puerta se abre y aparece una mano que me invita a que salga del coche. Cuando lo hago me doy cuenta de que estoy enfrente de casa.

—¿Necesita que la ayude a subir? —me dice.

—No *odemos* subir a mi casa, está mi *arido* arriba.

—No se preocupe, deme las llaves y le abriré la puerta.

Ah, ¿que lo único que quiere es que me vaya? Qué vergüenza... Soy tan patética...

Cuando me despierto, el sol se asoma ya por la ventana, me duele la cabeza y agradezco que Beyoncé no me grite al oído... Al final nos haremos amigas. ¿Qué hora es? ¡Mierda, me he dormido! ¡Son las diez de la mañana! Joder, joder, joder... ¡Llego cinco horas tarde a trabajar! ¿Por qué me duele tanto la cabeza? ¿Qué pasó anoche?

Joder, joder, joder.

En el comedor me encuentro a toda la familia sentada desayunando: hijos, madre, marido y perra.

—¿Qué pasa? ¿Por qué no me has despertado? Mamá, Diego... ¿no curráis?

—Hoy es domingo, no se curra —dice Diego, sin levantar la vista de su café.

Hoy es domingo, ¡es verdad!

Mi madre se levanta y va a la cocina.

—Rebecca, hija, ¿quieres un café? —pregunta.

Qué dolor de cabeza tengo. Me dirijo a la cocina donde me espera con el «modo madre» conectado.

Me sirve un café en mi taza de *Juego de Tronos* y me observa.

—¡Joder, está ardiendo, mami!

—¿Qué está pasando, Rebecca? ¿A qué hora llegaste ayer? ¿Y en qué estado?

—No grites, mamá, tengo resaca y estoy muy cansada, creo que eso contesta a tus preguntas. —Ahora mismo no puedo enfrentarme a un sermón.

—¿Eso es todo lo que vas a decirme? ¿Te crees que no me entero de nada? Y no me refiero a que no me entere de la que liaste ayer, vomitando por toda la casa y despertando a los niños, que por cierto los tienes aterrorizados.

¿Cómo? Mierda, sí, vomité, pero... ¿qué les dije a los niños?

—Horrorizados, ¿por qué? —le pregunto mientras intento no despellejarme la lengua con el café.

—No te acuerdas de nada, ¿no? —A mi madre no hay quien la engañe—. Métete en la ducha, piensa y luego hablamos. Me llevo a los niños y a *Lola* a pasar la mañana por ahí.

Al pasar por el comedor camino al baño, veo que mis hijos me miran con caritas tristes y Diego ni me mira.

El agua caliente me resucita y veo con toda claridad mi aventura de anoche que os resumo ahora mismo:

• Manu y la Eche, hasta donde yo vi, se comían la boca como si no hubiera un mañana.

- Janet se rompió una pierna al caer de la tarima y Andy y ella se fueron al hospital en ambulancia.
- Yo me enrollé con el modelo de Victorius y acabé haciéndole una felación en el lavabo de la discoteca.

¡Madre mía, madre mía! ¡Tengo que hablar con alguien pero ya!

Termino de ducharme y me visto rápido con un chándal ancho porque me siento muy culpable de tener este cuerpo creado para el delito.

Whatsapp a Janet.

En línea, ¡bien!

> Me cago en la puta, qué coño pasó anoche? 11.06

Buenos días a ti también, devorahombres, tengo una pierna rota.
             11.06

> Perdona, Janet, cómo estás? Soy una mujer infiel y no tengo educación.
> 11.06

Qué fuerte, Rebi, cómo se te ha ido la olla... Qué te ha dicho Diego?
            11.06

Y Sofí?
          11.07

¿Qué coño quiere decir? Diego no sabe nada y... ¿qué pinta Sofí en todo esto? Hay algo que empieza a pulular por mi mente, tengo la sensación de que se me está olvidando algo...

> 😳 Janet, no le he dicho nada a Diego y... qué tiene que ver Sofí?
>
> 11.07

Buah, Rebecca. Mira tu whatsapp, un grupo que creaste ayer a las cinco de la mañana y al que bautizaste como «Jodeos».

11.08

Empiezo a recordar y no me gusta nada.
Entro en el grupo en el que estamos:

- Janet
- Andy
- Susana Echevarría
- Manu
- Diego
- Sofí
- Señora Rosa
- Mamá
- Señora Carmen Caraponi

Madre mía... ¿he metido a Carmen?
Soy una jodida loca.

¿Qué coño les he dicho?
Respira, Rebecca, respira.

> Soy una diva irresistible!
> El modelo de Victorius
> está loco por mí!
> Ahora quééééé?
> Qué tenéis que decir,
> malditos?
>
> 05.09

Nadie contesta.

> Mira esto Sofííí!
> Jodida loca anoréxica!
> Métete tu uniforme por el
> puto culo!
>
> 05.09

Ni mu.

> Carmen, tienes cara de
> poni y tu nuera tiene la
> misma cara de poni que
> tú!
>
> 05.09

Madre mía...

> Diegooooooo, ya te
> puedes ir con tu amante
> para siempre! He
> encontrado a mi alma
> gemela!
>
> 05.10

¡No!

05.10

No doy crédito, estoy alucinando porque después de decir semejantes burradas mandé dos fotos mías con el Victorius donde se me veía en una besándonos y en otra a mí mirando a la cámara haciendo una peineta y a él sobándome las tetas.

¡Joder, joder, joder!

No sé dónde meterme.

Respira, Rebecca, respira.

Vamos a analizar.

Estabas borracha y no le has puesto los cuernos a tu marido, lo único que has hecho es devolvérselos.

Sofí entenderá que estabas borracha y se le pasará el mosqueo cuando sepa que estabas con Susana Echevarría.

Carmen Caraponi me importa una mierda.

Los demás estarán alucinados pero me apoyarán.

¡Ay, tengo que hablar con Diego, tengo que hablar con todo el mundo del jodido grupo!

Creo que estoy teniendo un ataque de ansiedad.

Respira, Rebecca, respira.

Tengo que enfrentarme a esto con dos ovarios, soy una mujer segura de sí misma y voy a demostrarle que cuando se juega con fuego uno acaba quemándose.

¡Sí!

¡Con Rebecca no se juega!

Te vas a enterar, te voy a echar la gran bronca, vamos a

pedirnos perdón y después de hacer el amor como animales nos olvidaremos de todo esto.

¡Sí, eso es lo que va a pasar!

¿O no?

¡Por supuesto que no! ¡No voy a perdonarte, so cabrón, soy una tía buena que está liada con Victorius!

¿Cómo coño se llamaba el Victorius?

Vaya melocotón cogí ayer...

Salgo decidida en busca de mi infiel marido y dispuesta a perdonarlo.

Diego está haciendo la maleta.

El corazón me va a mil.

Tengo ganas de meterme en la cama y salir dentro de un año, cuando todo esto esté olvidado.

—Diego, ¿qué haces? —Me tiembla la voz.

—¿Es que no lo ves? —Buah, está enfadadísimo.

—¿Y por qué haces la maleta? ¿Adónde vas?

—Lejos de ti, Rebecca.

No levanta la mirada para contestarme y no deja de meter cosas en la dichosa maleta, está nervioso, y me doy cuenta, porque acaba de meter dos vestidos míos y un sujetador.

—¿No quieres hablar del tema?

No contesta.

—¡Diego, para, para ya! —le grito mientras le quito el tercer vestido de la mano.

—¿De qué cojones quieres hablar, Rebecca? ¿De que me has engañado o de que lo has hecho público en un puto grupo de WhatsApp? ¿Es que estás loca? ¿Cómo has podido hacerme esto? —me dice gritando, y por fin me mira: está llorando.

Lejos de ablandarme, me pongo frenética. ¿Cómo se atreve a echarme la bronca cuando él lleva meses con una furcia flaca que le quita el pelo de la frente? Ah, no, por ahí sí que no.

—¿Y eso me lo dices tú, jodido infiel? ¡Lo sé todo, TODO! ¿Quién te crees que eres para echarme la bronca cuando tú llevas tiempo engañándome? ¿Qué pasa, que cuando te lo hacen a ti ya no es divertido, eh?

—¿De qué coño estás hablando, Rebecca? ¿DE QUÉ COÑO ESTÁS HABLANDO? —me pega un grito que me echa el pelo para atrás.

—Te he visto, Diego, te he visto con ella en nuestro coche, por favor, no mientas más.

—Definitivamente, estás fatal —me dice el cabrón, y sigue haciendo la maleta.

—¿Eso es todo lo que vas a decirme? Me debes una puta explicación, ¿no crees?

—Pero ¿qué quieres que te explique? ¿Que me invente una amante para que te quedes tranquila?

Me mira a los ojos y mis rodillas empiezan a temblar, es un actor de Oscar.

—Hace dos semanas que te vi con ella, una chica delgada con el pelo liso y muy guapa, que te quitaba el pelo de la frente y a la que tú mirabas con un deseo que hace mucho que no sientes por mí. —En este momento empiezo a llorar.

Esto es horrible, mi vida está yéndose a la mierda y ya no hay marcha atrás. Jamás podré perdonarlo.

—Rebecca, la única mujer aparte de ti que se ha subido en mi coche es Mónica, la amante de Andrés.

Se sienta y entierra la cabeza entre las manos.

Andrés es su jefe.

Me cuadra.

Pero...

—¿Y los whatsapps? Todo el día en línea escondiéndomelos.

—Rebecca, le estoy cubriendo, estoy siendo su chófer, su mano derecha, su persona de confianza, nunca te he mentido, siempre que te he dicho que hablaba con él, hablaba con él: «Ve a buscar a Mónica aquí», «Déjala allá»... —me dice derrotado.

—¿Por qué coño no me lo dijiste, Diego?

—Porque no es algo de lo que esté orgulloso, pese a que me he visto obligado a hacerlo, porque me habrías echado un discurso feminista a lo Pilar Rahola, porque lo cascas todo, Rebi, porque conoces a su mujer, porque te caen los secretos de la boca...

—¡Joder, Diego! ¡Lo siento! Madre mía, madre mía...

—Si pensabas que te estaba engañando, ¿por qué no hablaste conmigo? ¿Era más fácil enrollarte con alguien y luego publicarlo? Me has engañado, me has humillado y lo peor es que me has demostrado que no me conoces. —Vuelve a la maleta y la cierra.

—¡La culpa es tuya! ¡No puedes ponerme los cuernos y luego quitármelos, joder! Perdóname, Diego. Ese tío no me importa una mierda; además, ¡solo se la chupé!

¿Acabo de decir lo que acabo de decir?

Diego me mira, coge su maleta y me dice:

—Se acabó, Rebecca, mañana pasaré á hablar con los niños. Cuídate.

Y se va.

Yo me desplomo en la cama y lloro, lloro como nunca antes lo había hecho.

11

Diego se ha ido.
He perdido el trabajo.
Rosa ha muerto.

12

Las seis semanas después de que Diego se fuera y que Rosa muriera fueron insoportables. Ni siquiera tuve fuerzas para ir al entierro de Rosa. Mi madre se cogió vacaciones para poder hacerse cargo de los niños y, como yo no tenía trabajo, me pasaba los días del sofá a la cama y viceversa. La vida que yo conocía ya no existía y sentía como si no encontrara mi lugar, no solo había perdido a mi marido, a mi amiga y mi trabajo: también había perdido mi identidad.

Mi casa se había convertido en un club social del que los únicos socios eran Janet, Andy, Manu, la Eche y mi madre.

Mis hijos me echaban de menos pero a mí no me importaba, tenía apetencia a la tristeza y me tiraba las horas llorando y escuchando a Charles Aznavour.

Diego pasaba todos los días a buscar a los niños y se los llevaba a pasar la tarde, pero a mí ni siquiera me miraba; entonces mi madre aprovechaba para intentar hablar conmigo.

—Rebecca, cariño, tienes que levantarte, tienes que cambiar esta actitud que no te lleva a ningún sitio. Mira, mi amiga Sara se separó el año pasado, pilló a su marido con la vecina y estuvo así como tú, medio depresiva, hasta tal punto que su hijo Roberto... ¿Te acuerdas de Roberto? Sí, cariño, cómo no te vas a acordar, el hijo de Sara, ese chico alto con barbita que es *hollister*, el que se casó con la paraguaya esa que resultó ser una prostituta...

La interrumpo antes de que siga.

—Se dice *hipster*, mamá, no *hollister*. Me acuerdo de Roberto y me acuerdo de la separación de Sara, la diferencia es que yo no he pillado a Diego con nadie, he sido yo la infiel y no le ha hecho falta pillarme, lo he publicado en el BOE, o casi...

—Bueno, bueno, pero eso no significa que te tengamos que lapidar, cometiste un error, punto. Y permíteme que te diga que si me lo hubieras contado antes no nos encontraríamos en esta situación. ¿Cómo pudiste pensar que Diego te engañaba? Mira, Rebecca, te conozco como si te hubiera parido... no... ¡te he parido! Y desde que empezaste a hablar y a ser un poco autónoma has sido siempre una loca del coño, la gente no te entendía y siguen sin entenderte, pero Diego... Diego, sí, siempre ha estado ahí, riéndose de tus locuras y muchas veces acompañándote en ellas. Si me hubieras preguntado te habría dicho que cuando Diego te mira se para el mundo. Ojalá tu padre me hubiera mirado a mí una sola vez como Diego te mira a ti.

—Muy bien, mamá, estas charlas contigo son de lo más motivadoras y reconfortantes, ahora me siento mucho mejor. —Me levanto y me voy.

—Ah, muy bien, huye como siempre, ¡esconde la cabeza como un mamut! —me dice gritando.

—¡Avestruz, mamá, se dice avestruz! Los mamuts pesan

ocho toneladas y están extinguidos, ¡no tienen puta cabeza que esconder! —le digo, y luego cierro la puerta de mi habitación de un portazo.

—¿Quién coño eres ahora, Félix Rodríguez de la Fuente? —me grita desde la cocina.

Me meto en la cama y me tapo la cabeza, como un avestruz. Mi madre solo intenta ayudarme y yo estoy siendo muy injusta con ella, pero me da igual: soy una viuda doliente y tengo todo el derecho de esconder la cabeza como me dé la real gana.

No salgo de la habitación en lo que queda de tarde, no estoy de ánimo para ver y hablar con nadie, así que me invento una migraña y me paso la tarde durmiendo. Bien entrada la noche, me despierta el hambre y salgo a hurtadillas de la cama, en la cocina me encuentro a mamá escribiendo en su iPad con una taza de té y un trozo de bizcocho que ella misma ha hecho. La odio. ¿Cómo coño lo hace todo? ¿De dónde saca el tiempo para desayunos, duchas, lavadoras, meriendas, piscina, karate, sacar a la perra, cenas, tener la casa impecable de limpia y encima hacer un bizcocho?

—Hola, mami, perdona por lo de antes, estoy en un momento difícil y lo he pagado contigo. Lo siento. —Le doy un abrazo y el olor de su pelo me transporta a mi infancia, cuando todo era más fácil.

—Calla, calla. Anda, siéntate conmigo y cómete un trozo de bizcocho y, cariño, prefiero una loca del coño que una tonta del culo.

Me preparo una taza de café y corto un buen trozo de

bizcocho, desgraciadamente la depre no me ha quitado el hambre.

—¿Qué haces, mami, qué escribes?

—Pues mira, estoy hablando con un hombre que he conocido por internet y es una maravilla, llevamos ya un mes hablando y es el primer hombre que me gusta de verdad desde que me divorcié del cabrón de tu padre.

—¡Joder, mamá, esto es genial! ¡Cuéntamelo todo!

—Se llama Varón Dandy, tiene cincuenta y nueve años, se está divorciando, con dos hijas mayores ya, es encantador y tiene un sentido del humor... ¡Me vuelve loca! —Me mira y entorna los ojos como una adolescente.

—¿Varón Dandy, mamá? ¿Y tú cómo te haces llamar?

—¡Ah!, te va a encantar: yo soy Chica Cincuentañera.

—¿Os habéis visto ya?

—No, desgraciadamente, no vive aquí, está fuera del país.

—¿No lo has visto ni siquiera en foto?

—No hemos querido, todo está siendo muy romántico, queremos que la primera vez que nos veamos sea en persona. Él supone que para finales de año estará aquí y para entonces calculo que estaremos tan enamorados que nos dará igual el físico.

Ufff... qué mal me suena esto...

—No sé, mami, ¿quién te dice que cuando quedéis no aparece Mortadelo? A ver, mamá, que tú eres un pivón... —le digo a mi madre.

—No seas superficial, Rebi, a estas edades ya no miramos esas cosas, tú no te preocupes por mí, que ya tienes suficiente con lo tuyo. Por cierto, de camino al colegio de las niñas hay un bar en el que buscan camarera, he hablado con Encarnita, que es la dueña; la conozco porque cuando vuelvo de dejar a las niñas siempre entro a tomarme un té, es una señora majísima, pero tiene artrosis y cada día le duelen más las piernas, le he contado lo tuyo y le he dicho que mañana irás para entregarle el currículum. Ahora déjame que siga hablando con mi Mortadelo.

—¿Le has contado lo mío? Pero, mamá, no puedes ir contándole a la gente que soy una tía buena que engaña a su marido con Victorius. ¿Qué va a pensar de mí? —De vez en cuando me gusta sacar lo de Victorius, me hace sentir... no sé... menos mala, porque ¿cuántas mujeres le habrían dicho que no?

—Rebi, cariño, lo único bueno que has sacado de todo esto es que un modelo superfamoso se ha enrollado contigo, déjame que presuma de hija. Ah, se me olvidaba: esta tarde, cuando Diego ha dejado a los niños, me ha dicho que mañana necesitaba hablar contigo; estaba muy triste, estoy segura de que se siente muy solo y de que va a darte una oportunidad.

¡Diego quiere hablar conmigo! ¡No puede vivir sin mí! ¡Vamos a volver a ser una pareja perfecta y yo voy a ser camarera de un precioso bar, tomaré nota en una libretita, serviré batidos de chocolate y hamburguesas, e iré vestida como en el bar de *Grease*!

Lo primero que pienso es en llamar a Rosa para contárselo. Cuando me doy cuenta de que Rosa ya no está se me saltan las lágrimas y la pena empaña todo lo demás.

Me voy a la cama e intento pensar en positivo, mañana será un gran día y Rosa me va a ayudar.

Son las siete de la mañana, me despierto llena de energía ante la perspectiva de un nuevo cambio, esta vez para mejor. Decido que hoy llevaré yo a los niños al colegio, necesitan a su madre, así que me ducho y me arreglo, me pongo unos vaqueros rotos por las rodillas y un jersey ancho de color gris, me calzo las Stan Smith y me recojo mi indomable pelo en un moño. Susana me regaló un lote de productos de maquillaje de su marca para que le diera mi opinión, así que me maquillo levemente y el resultado me gusta. Me encuentro bien, me encuentro guapa.

Cuando entro en la cocina veo que Uma y Chloé están desayunando leche con cereales, Keanu se está midiendo en la pared y comparando la marca que dejó apuntada cuando se midió ayer, sigue con su convicción de que no crece. Los niños y mi madre me miran sorprendidos. *Lola* da saltitos a mi alrededor.

—¡Mami guapa! —dice Chloé, y se levanta para abrazarme—. ¿Ya no *tas ferma*? —me pregunta.

—No, cariño, ¡ya no estoy enferma y os voy a llevar al cole!

—Mamá, estoy muy contenta, la verdad es que estábamos ya preocupados «nivel pro» —dice Uma.

Me río, qué graciosa es la tía.

—Ven aquí, Doña Croqueta, y dame un abrazo. —La levanto de la silla y me doy cuenta de que ha engordado... ¿Habrá dejado la dieta?

—Mami, tienes que llevarme al médico, no crezco, me voy a quedar bajito, y los bajitos no ligan; mamá, por favor, te pido que me lleves al médico —dice Keanu, enseñándome las marcas de la pared.

Aparece mi madre.

—Y este niño, anda que no es pesado, ¡que sí que creces, chico! Déjate ya de tonterías y tómate la leche —le dice mientras le da una colleja.

Yo me siento y me doy cuenta de que la vida en mi casa ha seguido y de que he sido una madre terrible. Me prometo a mí misma que a partir de hoy todo cambiará.

Cuando ya he dejado a los niños decido ir a ver a Encarnita y darle mi currículum, mi madre me ha dado la dirección exacta del bar. Cuando llego me encuentro un local con un mostrador que hace de barra donde se vende pan y bollería, una cafetera, dos taburetes y dos mesas; además, huele a naftalina.

Me quedo muerta.

No pienso trabajar aquí.

La que se supone que es Encarnita es una mujer de doscientos años que lleva una bata de flores y tiene más bigote que el hijo *hipster* de Sara.

En el local hay tres viejas raras y sucias, una adolescente que escucha reguetón en el móvil y una madre vestida como Lady Gaga en sus peores días.

Vamos, que no entro.

Una vez que me he alejado de la cantina de *La Guerra de las Galaxias* le mando un whatsapp a mi madre.

> Cómo se te ocurre pensar que voy a trabajar con la madre de Psicosis en un bar que tiene más mierda que la habitación de tu nieto? Qué poco valor me das, por Dios... 😡 😡 😡
>
> 09.28

> **Anda anda, que la señora es majísima, un poco guarra sí, pero majísima.**
> 09.28

Y me pone un plátano, se lía con los emoticonos la mujer...

> **Vaya trabajo...**
>
> 09.29

> **Bueno, seguiremos buscando.**
> 09.29

Ahora, uñas pintadas..., ¿qué tendrá que ver?

Me siento en un bar limpio y con gente normal y me pido un café con leche y una tostada con aceite, porque he decidido que, como hoy empieza mi nueva vida, voy a hacer dieta. Da igual que no vaya a trabajar en el bar de *Grease*, seguro que encuentro otra cosa mejor.

Mientras me tomo el desayuno, pienso en Rosa, no me quito de la cabeza que murió sola y que la última noticia que tuvo de mí fue lo que puse en el famoso grupo de WhatsApp, estoy segura de que se rio a gusto, pero no dejo de pensar lo mucho que me hubiera gustado hablar con ella una vez más. Tengo la sensación de que le he fallado, de que no estuve allí cuando ella me necesitó. La verdad es que mucho tampoco podía hacer, porque Carmen Caraponi me avisó dos días después de su muerte: esa fue su pequeña venganza por haberla insultado a ella y a su futura nuera en público. Me envió un whats seco, frío y jodidamente cruel, donde me informaba de que Rosa había muerto y no pude darle ni las gracias, porque en el acto me bloqueó. No sé ni siquiera dónde está enterrada y no tengo valor para preguntárselo a Ángela o a Ana.

Me estoy poniendo triste.

Me acabo el desayuno y me voy a casa, quiero dormir un rato antes de que venga Diego.

Evidentemente, no pego ojo. En vez de eso, me dedico a limpiar la habitación de Keanu: ayer me pareció ver un dinosaurio instalado debajo de su cama.

Mientras hago la cama, encuentro entre las sábanas el teléfono de Keanu. Lo miro. Pienso. Lo vuelvo a mirar y vuelvo a pensar.

A ver, cuando yo era adolescente, tenía un diario.

Siempre me ha gustado muchísimo escribir y explicar cómo me siento.

Todas las noches tenía profundas conversaciones con mi diario y le contaba mis más íntimos secretos.

En mi casa había un teléfono, el del comedor, y estaba claro que allí no podías contarle a tu mejor amiga que a Ricardo le gusto o que José Manuel me ha pedido rollo.

Como estas conversaciones no podía tenerlas en casa (o sí podía, pero yo creía que no estaba bien) lo escribía todo y mi diario era un expediente protegido de mi vida; lo guardaba con mucho celo, no fuera a ser que lo pillara mi madre (aunque hoy me consta que no lo habría hecho jamás).

Los tiempos han cambiado... Ya no se estilan los diarios... Ya no hay conversaciones desde el teléfono de casa... Ahora existe el WhatsApp.

Yo que presumo de ser una madre moderna a la par que

hacendosa, me descubro leyendo todas las conversaciones... ¡Qué vergüenza, ¿cómo he podido caer tan bajo?!

Todo esto me dice mi voz interior, pero es la misma voz que me dice que no debo comer chocolate y la misma que yo hago callar metiéndome *pal* cuerpo un dónut.

Madremiademialma, tiene como cincuenta conversaciones con una tal Zoe... Que si eres muy guapa, que si eres muy especial, que si siento algo...

¿Algo? ¿Qué? ¡Tienes quince años! ¡Te prohíbo sentir nada!

Estoy celosa perdida, y además estoy segura de que la tal Zoe es una guarrilla manipuladora...Uf, me estoy pasando, pobre cría...

¡Ay, madre! ¡Que resulta que han quedado pasado mañana en la plaza!

¡Noooooo!

Respira, Rebecca, respira.

Me va a dar algo.

Dios mío, ¿qué voy a hacer? ¿Los sigo? ¿Le dejo ir? ¿Los acompaño? ¿Les pago una cena?

¿Quién me manda a mí truncar de una manera tan vil la intimidad de mi hijo?

¿Voy a ser una suegra de esas locas a las que ninguna mujer les parece bien?

No soy moderna, soy una bruja arpía, controladora y cotilla...

Suena el timbre: Diego ya está aquí.

Estoy nerviosa y me sudan las manos.

Respira, Rebecca, respira.

Estamos sentados en la cocina y los niños están tan contentos de vernos juntos que no nos dejan hablar, mi madre nos sugiere que vayamos a tomar algo y así poder tener una conversación relajada.

Yo estoy de los nervios y Diego está guapísimo, lleva el pelo más largo y tan descuidado como siempre, está más delgado y eso hace que se le marque más la mandíbula, sus ojos están tristes y su sonrisa, apagada.

Paseamos y charlamos de los niños y acabamos sentados en un banco del parque.

—¿Cómo estás, Rebecca? —me dice, mirándome a los ojos, y yo estoy a punto de morir de amor.

—Está siendo difícil, el trabajo, Rosa, tú... Me está costando, Diego. —Lo miro y su expresión me dice que está hecho polvo.

—Es normal, muchas cosas a la vez, hay que tomárselo con calma y tomar decisiones. —Agacha la cabeza y yo intuyo que llega el momento de la verdad—. Llevo un par de semanas con algo en la cabeza y atándolo todo para poder hablar contigo y ha llegado el momento.

El corazón va a salirme del pecho.

Respira, Rebecca, respira.

—Me voy a Qatar.

Pobrecito mío, está tan trastornado que no sabe ni lo que dice.

—Con todo esto que ha pasado, Andrés se ha sentido muy culpable y me ha pagado un máster culinario que impartirá Feli Fauaquiri, un chef conocido mundialmente. Aparte de la oportunidad que para mí representa, me va a ir bien alejarme, necesito estar en algún sitio donde nada me recuerde a ti.

¿Cómo? ¿No va a volver a casa? ¿Qué coño está diciendo?

—No entiendo nada, Diego, ¿me estás diciendo que no vamos a volver? ¿Que te vas a no sé dónde? ¿Cuándo vuelves? ¿Qué va a pasar con tus hijos? ¿También necesitas alejarte de ellos? —No puedo evitarlo y empiezo a llorar.

—No llores, Rebecca, te voy a ser sincero.

Ah, me va a ser sincero, ¿y hasta ahora qué era? Será payaso, el tío...

—Es por esto por lo que quería hablar, ayúdame con los peques, es muy difícil para mí saber que no los voy a ver durante un tiempo, quiero que se lo expliquemos los dos y que vean que entre nosotros no hay mal rollo. Si ven que sus padres son amigos lo llevarán mucho mejor. No quiero llevarme mal contigo, Rebecca, has sido muy importante en mi vida y me has dado tres hijos maravillosos —me lo dice mientras toma mi mano en un gesto muy paternal.

Pero, a ver, ¿qué coño está pasando? ¿Desde cuándo Diego es psicólogo infantil? ¿Y qué coño significa «has sido»? ¿Qué pasa, que ya no lo soy? ¿Todo esto por una mamada de nada?

—Muy bien, Diego, si esa es tu decisión, adelante, no seré yo quien te lo impida. Pero antes debes saber un par de cositas: te quiero y siento muchísimo lo que ha pasado, quiero que volvamos a ser una familia, quiero ser tu mujer y no quiero que me vuelvas a llamar Rebecca, ¡soy una puta bolita de queso! ¿Te vas a ir y vas a permitir que esto nuestro se muera?

—Esto nuestro ya se ha muerto, tú lo mataste. —Se levanta y se va.

Es todo tan peliculero que no me extrañaría que se pusiera a llover, me meto de lleno en la escena y me tumbo en el banco con el cuello estirado y la cabeza colgando hacia abajo de la manera más teatral que se me ocurre mientras lloro desconsoladamente y espero que Diego vuelva y me levante en brazos para besarme desesperadamente. O no, mejor que se suba al banco conmigo y los dos nos salvemos de morir ahogados, yo no pienso hacer como Kate Winslet en *Titanic*: siempre he pensado que en la tabla cabían los dos.

—¿Quieres dejar de hacer el imbécil que te va a entrar una rampa en el cuello? ¿Te vienes o te quedas, coño? —me grita.

Qué vergüenza, no soy Kate Winslet y mi marido no es Leonardo DiCaprio, mi marido se llama Diego y está a punto de abandonarme para siempre.

13

Las cosas han ido volviendo a la normalidad, he empezado a hacerme a la idea de que la vida de ahora en adelante va a ser un poco más dura.

Con Diego hablo poco, a pesar de que él llama todos los días por Skype para poder ver a los niños. Sé que las cosas le están yendo bien. A veces pide hablar conmigo, pero yo siempre finjo estar ocupada, no soy capaz de hablar con él sin llorar, le echo tanto de menos que duele.

Mi madre sigue su romance con Mortadelo y cada vez la veo más enamorada.

Aunque ya no pienso tanto en Rosa, todos los días dedico unos minutos a hablar con ella, me la he adjudicado como Ángel de la Guarda.

Las cosas a nivel económico se están poniendo difíciles, y la búsqueda de trabajo no está dando frutos.

Para mi sorpresa y la de todos, la Eche y MI Manu se están consolidando como pareja. Susana ha mandado a tomar por el culo a la modelo y está pletórica; la verdad es que Manu y ella hacen un tándem maravilloso. Raro, pero maravilloso.

Hoy la Eche nos ha reunido a todos en su mansión para cenar, porque ha lanzado una nueva marca de cosméticos que promete acabar con la celulitis en cuatro semanas. Esta noche a las diez es el estreno del anuncio y lo pasarán en un corte de publicidad de *Gran Hermano*.

Así que aquí estamos todos cenando pijadas diminutas en platos excesivamente grandes.

Susana y Manu dan asco: literalmente, están tremendamente enamorados, y no lo llevo bien; los motivos son difíciles de entender hasta para mí, voy a hacer una lista mental:

MOTIVOS POR LOS QUE SUSANA Y MANU ME DAN ASQUITO

Son una pareja feliz que se devoran a besos cada vez que se miran.

Son EX gays porque quieren, por amor; y yo, EX mujer de mi maravilloso EX marido.

No quiero ser EX de nada (ex gorda a lo mejor).

Susana antes me prestaba mucha más atención.

Antes yo era la mujer favorita de Manu, ahora lo es la Eche.

Madre mía, eso no son buenos motivos, me temo que son motivos de abuela o de loca, prefiero de abuela, ¡soy mi abuela! Ahora entiendo muchas cosas: la tendencia a ir de negro, los kilos de más, quitar piojos con la mano y no inmutarme, querer aprender a hacer punto... Tengo que volver a ser yo.

—Chicas (Manu se da por aludido), necesito ayuda. Vámonos de fiesta —les anuncio.

Me miran asombrados.

—¿Ahora? —pregunta Manu.

—Sí y daos prisa que me estoy convirtiendo en mi abuela.

—Si tú te conviertes en tu abuela, yo seré tu abuelo —dice Manu, y me da un beso.

—Manu, tengo treinta y ocho años, ¡no quiero ser mi abuela!

—Rebecca, cariño, pregúntale a tu abuela si puede esperar a que pasen el anuncio —dice Susana, y la verdad es que me sorprende que lo diga con un tono de lo más comprensivo.

—Dice que lo intentará.

Pienso y me quedo más tranquila porque me doy cuenta de que:

- Manu y yo seguimos en la misma onda.
- La Eche me presta la misma atención de siempre y no me trata como a una loca.
- Lo único que tengo son celos, pero... ¿quién de ellos se la ha chupado a Victorius?

Y lo más importante:

- No soy mi abuela, mi abuela no intentaba nada, mi abuela lo hacía y punto.

Crisis superada, soy muy buena psicóloga, debería montar un gabinete de ayuda a mujeres que se convierten en sus abuelas.

Janet llega tarde y vestida de hippie.

Lleva una peluca rubia de pelo liso, un sombrero de ala ancha, un abrigo de pelo y unos vaqueros de campana.

—¿De dónde coño vienes con esa pinta? —le pregunta Manu.

—De grabar un vídeo —contesta mientras se quita la peluca.

—¿Un vídeo de qué?

—Un vídeo para emocionar.

—¿Para emocionar a quién?

—A quien lo vea.

Los demás estamos mirándonos como en un partido de tenis sin entender nada.

Yo sé que de un momento a otro Manu perderá los nervios.

—Vas a explicar qué pasa o te mando a la mierda y no te dirijo la palabra en toda la noche. No soporto cuando te haces la «interesanta» —le dice mientras le coge la peluca y se la pone él.

Susana lo mira embobada y yo siento una punzada de celos de mala persona.

—Quítate la peluca, Manu, que no me controlo —le dice Susana, y le mete la lengua hasta la campanilla.

Manu le corresponde y la pasión les sale por las orejas.

—Joder, qué asco, ¿podéis pensar en mí y en mi viudedad? —les digo para cortarles el rollo.

—Uy, sí, Susana, mi amor, se nos ha olvidado que está aquí la frígida. Venga, Janet, cuéntanos.

Explicación de Janet:

—La semana pasada la Guarraquetecagas colgó en su Facebook un anuncio, esperad que os lo leo. —Saca su móvil del bolso y lee—: «¿Crees en la magia del amor? ¿Crees que una mirada puede cambiar el mundo? Si es así, te esperamos para rodar un vídeo/experimento para el programa televisivo de *La Madriguera*. Quiero emocionar y te necesito a ti.» ¿A que es para flipar? Pues, después de mucho pensármelo, decidí que iba a formar parte de esta mierda, creía que así podría destaparla, así que me puse en contacto con el equipo (porque la estúpida ahora tiene un equipo), pasé el *casting* y hoy he ido a grabar.

Nos miramos todos y Manu pregunta:

—¿Y qué coño has grabado, Janet?

—Buah, es que me da hasta vergüenza, resulta que éramos un grupo de diez personas, cinco hombres y cinco mujeres, nos han emparejado y lo que hemos grabado ha sido la reacción de lo que pasa cuando dos personas se miran a los ojos fijamente, sin hablarse... Se supone que hay una reacción química y tal... Una mierda de vídeo y una mierda de reacción, me han puesto como pareja a un tío feo para aburrir y la única reacción que he tenido han sido las ganas de quitarle espinillas de la nariz... Un fraude..., como ella, que por cierto se ha tirado toda la grabación ordenando y dándoselas de directora de cine, ¡con silla y todo! Un asco de pava...

—¿Y no te ha reconocido? —le pregunto.

—No, ¿no ves que voy disfrazada?

Nos volvemos a mirar todos, porque el supuesto disfraz es una birria, y se ve perfectamente que es ella.

—Ah, claro, claro... ¿Cuándo sale el vídeo?

—No lo sé, de todas maneras yo no saldré, al final no he aguantado más y en un comentario muy feo que me ha hecho la he mandado a la mierda a ella, al espinillas y a todo su puto equipo.

—¿Te ha hecho un comentario feo? Pero ¿qué coño se ha creído? ¿Qué te ha dicho?

—Pues cuando la tía me estaba grabando, yo estaba mirando al tío, me he despistado un momentito y me he quedado mirándola, porque me ha parecido ver que se escondía algo en la chaqueta y, claro, quería saber qué era, y la Guarraquetecagas me dice con un tono subidito: «No me mires a mí, míralo a él.» Y, claro, ahí ya he petado...

Nosotros no damos crédito y empezamos a reírnos a carcajadas, ella se da cuenta de lo absurdo que suena lo que está contando y se ríe con nosotros.

A las diez y media en punto sale el nuevo anuncio de la Eche.

Una chica espectacular que lleva unas bragas blancas y un sujetador deportivo blanco está en una terraza mirando al mar; la chica es alta y tiene la piel bronceada; sale un plano perfecto de sus exquisitas piernas, de abajo arriba, y a continuación un plano de un bote de crema y unas letras que dicen: «Adiós a la celulitis.»

Manu y Susana aplauden como locos, Janet grita pidiéndole crema a Susana, Andy dice que la fotografía y la composición del anuncio es fantástica, y yo... yo vuelvo a estar indignada: me parece tan mal, tan engañoso, tan poco real... La mierda del anuncio te hace ver y creer que una puta crema anticelulítica va a hacer que tengas una vida que las celulíticas no tenemos derecho a tener, ¿o como va esto? Me siento en la obligación de reivindicar las lorzas y la celulitis, ¡quiero ser la presidenta del sindicato de los kilos de más!

La Eche se da cuenta.

—¿Qué pasa, Rebecca? ¿No te ha gustado? —me pregunta.

—¿Eh? Sí, está muy bien... ¿Qué coño anuncia? Joder, Susana, es que estamos en lo de siempre: mujeres perfectas que utilizan cremas, ¿para qué? ¿Qué me estás contando?, ¿que la niñata esa tiene ese cuerpazo y esas piernas por utilizar tu crema? ¡Joder, Susana! —Cojo aire y sigo—: Me compro la crema y me das la casa en la playa y las piernas de tres metros, ¿o qué?

—Rebecca, es una crema buenísima y científicamente probada, te aseguro que funciona —me dice con su tono profesional.

Respira, Rebecca, respira...

—Pues, entonces, si es real, ¿por qué no utilizas una mujer real? ¿Por qué coño metéis en el anuncio a una niña perfecta que está claro que no necesita la puta crema? Estoy hasta los huevos de que nos metáis la delgadez y el cuerpo diez hasta en la sopa, incluso productos que son para adelgazar nos los vendéis como si las delgadas los utilizaran, cuando sabes perfectamente que eso no es verdad... ¡No me lo creo, coño! —En ese momento me levanto y me desnudo delante de todos y me quedo en bragas y sujetador, por supuesto, desparejado—. ¡Ponme en un anuncio una tía así y te juro que probaré la crema! A tomar por el culo ya con los cánones de belleza que nos obligáis a tener... ¡Joder!

Me parece que me he venido arriba, soy como Mel Gibson en *Braveheart* luchando por su libertad.

Y Janet, que me conoce, se levanta aplaudiendo y gritando.

—Madre mía, Rebi, te hace falta un polvo —me dice Manu mientras recoge mi ropa y me ayuda a vestirme.

Andy y Susana me miran fijamente y se ponen a hablar entre ellas.

—Si hiciera algo de deporte tendría un cuerpo maravilloso. ¿Has visto qué bien estructurada está? —dice Andy.

—Sí, sí, tiene un cuerpo fantástico, aunque por supuesto pasada de kilos —contesta la Eche.

—¡Oye, que estoy aquí, coño! ¡No hagáis como si no estuviera, joder! —Estoy descontrolada de la vergüenza que tengo y ataco—. Mira, Andy, te puedes meter el deporte por el culo, si tú tienes tiempo y ganas de hacer el gilipollas detrás de tu marido, felicidades, yo no tengo marido al que perseguir. Y tú, Susana, no tienes derecho a decir nada de mi cuerpo ni de mis kilos, tú menos que nadie, que cuando tienes una cutícula fuera de lugar te operas; me gustaría verte después de tres partos y sin un puto duro: estarías así, como yo. Respecto a ti, Manu, yo decidiré cuándo quiero o necesito un polvo, no creo que debas opinar de mi vida sexual, ¡que un día eres Evita Perón y al siguiente eres un macho inundado de testosterona! —suelto todo esto mientras acabo de vestirme.

Seguidamente me voy dando un portazo.

Sé perfectamente que la estoy cagando, pero no puedo dar marcha atrás, es como si me molestase todo, incluida la felicidad y los cuerpos esculturales de mis amigos.

Al día siguiente sigo enfadada, pero no un enfado de verdad, estoy enfadada porque es más sencillo que disculparme.

Me han llamado de la oficina de empleo para ofrecerme un trabajo en un restaurante, así que me dirijo a la entrevista. Me he puesto el traje que era mi uniforme en el gimnasio porque, desgraciadamente, es lo más elegante que tengo.

Estoy sentada en el tren echando de menos a Rosa cuando suena mi teléfono y veo en la pantalla que el que me llama es mi padre. Me pongo a temblar porque no recuerdo un día en que me haya llamado para darme una buena noticia, o simplemente para hablar.

—¡Hola, nena! ¿Cómo estás, pequeña? ¿Hay que matar a alguien? —Mi padre es un flipado y me habla como Robert de Niro en *El cabo del miedo*.

—Hola, papi, ¿qué te cuentas?

—Me están pasando cosas, Rebecca, necesito tu ayuda, me he metido en un lío.

¡Lo sabía! Si es que lo conozco tanto...

MI PADRE

Se llama Marcos y tiene cincuenta y nueve años, es un hombre extremadamente guapo y atractivo: se parece a Harrison Ford. Es nervioso, canalla, muy culto —todo lo sabe y si no lo sabe se lo inventa—, es divertido y mal conversador, porque siempre quiere llevar la razón. Se casó muy joven con mi madre y estuvieron trece años juntos hasta que se divorciaron. Después de mi madre vino Paola, una bruja materialista que le sacó todo el dinero y que tenía las tetas tan duras que podía aplastar latas de cerveza con ellas. Después de Paola vino Amanda, una rubia espectacular que le obligaba a hacer dieta y deporte. Luego vinieron Carla, Verónica, Sofía, Reyes, Teresa y Lady Daisy, sí, Lady Daisy, así se llama la actual mujer de mi padre. Lady Daisy es cubana y tiene veintinueve años, lo embaucó de tal manera que mi padre vendió su empresa y se marchó a

Cuba, y ahora se dedica a tomar el sol, fumar habanos y beber ron en Guardalavaca. Desde pequeña he pensado que el amor de mi padre siempre ha sido mamá...

—A ver, papá, ¿qué te pasa?

—Me he enamorado, esta vez de verdad, como nunca. Me siento como si tuviera dieciocho años y acabara de conocer a tu madre.

¡Ya estamos otra vez! Joder, joder, joder, no hay manera con él...

—Pero a ver, papá, ¿qué pasa con Lady?

—Con Lady no pasa nada, ese es el problema, la diferencia de edad se nota. Ya sé que me lo dijiste mil veces, tenías razón, Lady es una mujer estupenda, pero... yo he llegado al otoño de mi vida y Chica Cincuentañera es tan... como yo... Me entiende, es como si nos conociéramos de toda la vida. La he conocido por internet, es española y vive en España, y, Rebecca, estoy profundamente enamorado de ella.

¿Internet? ¿Española? ¿Chica Cincuentañera? ¿Ese no es el nombre que mi madre utiliza en las redes? ¡Joder, joder, joder!

—¿Cómo es, papá? Me refiero a físicamente. —Me tiembla la voz.

—Eso es lo mejor, Rebecca, ¡no lo sé! Y además... ¡no me importa! No nos hemos enviado fotos, queremos vernos por primera vez cara a cara.

—¿Cómo te haces llamar tú?

—Varón Dandy..., interesante, ¿verdad?

¡Mierda! ¡Mi padre y mi madre están ligando por internet y no lo saben! ¿Es que no me puede pasar nada bueno?

Respira, Rebecca, respira.

—Papá, ahora tengo que colgar, entro en una entrevista de trabajo, te llamaré más tarde y veremos qué hacemos, ¿de acuerdo?

Vaya mierda, no soporto ser la madre de mi padre...

La entrevista me va de fábula y me dan el trabajo, voy a empezar desde abajo, pero hay muchas probabilidades de crecer en la empresa, empiezo a trabajar dentro de tres días, ya me han presentado al que será mi responsable, que es un chico de veinte años con granos en la cara pero muy competente. Estoy contenta y emocionada con mi nuevo trabajo... ¡Una puta mierda: es un puto McDonald's! ¡Y el niñato de mi encargado va a último curso en el instituto de Keanu!

Necesito hablar con las chicas, pero me da una vergüenza terrible llamarlas después del numerito que monté.

Escribo a Janet.

> Te apetece tomar un café con una guarra que no sabe lo que dice? 😇
> 12.45

> Claro, amor, hemos quedado para comer en mi casa, voy a tatuar a Manu y a Susana, muy fuerte, quieren sellar su amor y tatuarse «free love»... Para flipar...
>  12.46

No me apetece ahora mismo disfrutar del amor ajeno.

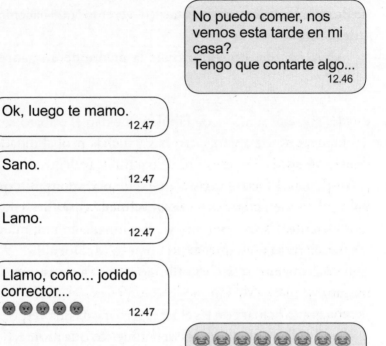

Antes de llegar a casa me paso por la papelería para comprar sobres, porque Uma quiere enviar cartas a diferentes ONG para explicar no sé qué idea que servirá para llevar agua potable a no sé qué sitio. La verdad es que tengo unos hijos maravillosos, que seguro que me sacan de pobre.

Cuando llego a la papelería, me encuentro a una chica de entre veintiocho y treinta y cinco años, rubia, alta, con pantalones vaqueros pitillo, camisa blanca masculina y tacones de un palmo (todo esto lo he visto en la primera radiografía que le he hecho).

La chica lleva un cochecito de bebé negro a topos blancos (que debe de costar como unos mil pavos) y dentro del cochecito (como ya os habréis imaginado), un bebé de aproximadamente quince meses.

—¿Tienes pegatinas de estrella? —le pregunta la madre a la dependienta

—Hummmmmm, espere, miro a ver... ¡Sí! ¡Mire, tengo estas!

La dependienta saca una pegatina de una estrella mediana con ojitos y sonrisa, en color azul turquesa.

—¡Uy, no! Tienen que ser pequeñitas y las necesito en color plata y en color oro —dice la madre, poniendo los ojos en blanco.

—Pues esto es lo que tengo.

—No imaginé que me costaría tanto encontrar pegatinas de estrellas. ¿Me las puedes pedir? —Qué madre más pesada, por Dios

—Se lo comentaré a mi jefe, pero sinceramente no nos dedicamos a las pegatinas. Quizás en una tienda de decoración pueda encontrarlas.

La madre pone gesto de pensar y dice:

—Es que son para el tablón de recompensas de mis hijos, por cada cinco estrellas plateadas, tienen una dorada, y por cada estrella dorada... ¡un premio!

Ahí es cuando a mí me entran los siete males y me dan ganas de decirle: «¡Espabila!»

Evidentemente, no le digo nada, pero tengo que morderme la lengua y aguantarme las manos para no pegarle un empujón.

De verdad, no me lo puedo creer.

A ver, me parece bien que la tía tenga un tablón de recompensas, pero... ¿no puede dibujar las putas estrellas con unos Plastidecor de toda la vida?

Me pongo enferma. No puedo evitarlo.

La conversación entre la supermadre y la dependienta sigue.

—Perdona, ¿me puedes dar dos sobres de DIN A4? —interrumpo, porque ya no puedo más.

—Sí, un momento, que acabo con la señora —me contesta superborde la dependienta de los huevos.

Demora como cinco minutos más y yo poniéndome lila y escuchando (no sé cómo han terminado en ese punto) que su hijo pequeño es intolerante a la lactosa.

—Mira, déjalo, me voy. ¡Gracias! —le digo, porque esto es inaguantable.

Cuando me giro, oigo que la supermadre le dice a la dependienta:

—¿Ves?, otra cosa que he aprendido desde que tengo hijos es a tener paciencia.

¿Cómo? ¿Lo dice por mí? ¿Yo? ¿Que le he explicado ciento cincuenta veces a Chloé que los mandos a distancia no se comen?

Evidentemente, me he vuelto para contestar.

—Pues mira, si tienes tanta paciencia, vete al planetario, que seguro que encuentras las jodidas estrellas y deja que las demás compremos sobres para arreglar el puto tercer mundo.

Y me voy intentando dar un portazo que queda ridículo, porque cuando abro la puerta suena una musiquita muy circense de esas que suenan para avisar de que alguien entra en el establecimiento.

14

Son las tres de la madrugada, no puedo dormir, la mente me va a dos mil por hora y no hago otra cosa que pensar en lo mal que me va la vida y en lo mucho que me quejaba antes, cuando en realidad yo sabía que todo iba bien, que era una privilegiada.

Janet se ha ido a las once, hemos estado hablando y le he explicado lo de mi nuevo trabajo, no le parece mal, dice que tengo que coger lo que sea porque el país está hecho una mierda y hay muchísimo paro, que no me preocupe, que ya saldrá algo, pero yo me siento tan fracasada... en todo...

Necesito dormir y me pongo a contar ovejas, pero no me concentro, una oveja, dos ovejas, tres ovejas, una cabra, una gallina, en la granja de Pepito, eeeeeeeh, Macarena, ajáá.

Nada, no hay manera, las tres y media ya.

Me levanto y me hago un Cola Cao, me siento en el sofá y decido hacer una lista de todos los problemas que estoy teniendo para poder encontrar soluciones; necesito verlos ordenados y reflejados en papel.

LISTA DE PROBLEMAS QUE ME ATURDEN Y ME AGOBIAN

Voy a trabajar en un McDonald's.

Mi futuro ex marido está en Qatar sin mí.

Me he enfadado con mis amigas.

No tengo dinero.

Estoy muy gorda.

No soporto la alegría, me he convertido en el pitufo odioso, el que odia las flores, el sol y todo lo que se encuentre.

Echo de menos a Rosa, mucho.

Echo de menos a Diego, mucho.

Mi padre y mi madre tienen un romance cibernético.

¡Coño, mi padre! ¡No le he llamado!

¿Qué hora es en Cuba? Nunca me acuerdo.

Me meto en Google y lo miro.

Vale son las nueve de la noche, le llamo.

—Hola, papi, perdona que haya tardado tanto en llamar, me he liado, ya sabes, niños, casa, cenas, baños...

—Tranquila, pequeña, lo entiendo. ¿Has estado pensando en lo que te he contado?

Madre mía, que si he estado pensando dice, no me lo he quitado de la cabeza, el problema es que no sé si decirle que su Chica Cincuentañera va para Chica Sesentañera y es su exmujer y mi madre.

—Sí, papá, creo que lo primero que tienes que hacer es solucionar el tema con Lady y pensar qué vas a hacer si vuelves a España, porque te recuerdo que ya no tienes empresa y que el trabajo está muy mal, fíjate que yo voy a trabajar en un McDonald's... A ver, que no me quejo, pero, sinceramente, no es el curro de mi vida.

—Vaya, cariño, no te preocupes, entras en una empresa muy próspera: no te lo vas a creer, pero la hija de Chica Cincuentañera también ha conseguido trabajo en McDonald's, y eso quiere decir que crecen muy rápido y que siempre necesitan personal —me dice el pobre hombre sin tener ni puta idea que está hablando de la misma persona.

—Sí, sí, seguro que tienes razón. Ahora cuéntame qué tienes previsto. —Cambio de tema, porque me sabe mal no decirle la verdad.

—Voy a hablar con Lady y me vuelvo para España. Tengo algo de dinero ahorrado y Ramiro, el del Club de Fútbol Canollá, me ha dicho que necesita un tío para el márqueting; o sea, que el trabajo no me preocupa. Y mientras encuentro un pisito había pensado en quedarme en tu casa: ahora que Diego no está necesitas un hombre en casa; además, echo de menos a los niños.

Tendrá morro, a los niños dice...

—Claro, papá, no hay problema, aquí estamos, ya lo sabes.

—Gracias, peque, vamos hablando, ¿vale?

Y me cuelga.

Y yo me voy a la cama a recitar de memoria las canciones de Laura Pausini.

Por la mañana, después de dejar a los niños en el colegio, decido teñirme el pelo, es el último día libre que tengo, mañana empiezo a trabajar y quiero ser una ejecutiva del *fast food*, y está claro que con estos pelos no voy a ningún sitio.

No tengo ni un euro, así que me compro un tinte en el Mercadona de un tono que se asemeja bastante a mi color pelirrojo. Soy una mujer muy capaz de hacer lo que me proponga, soy independiente y trabajadora, vivo sola con mis tres hijos y le he hecho una mamada al modelo de Victorius, puedo montar un armario de Ikea e inventar una receta de comida mexicana, así que... ¿van a poder conmigo cuatro canas locas?

Me meto en el lavabo y preparo el mejunje que parece una poción de la Edad Media, me dan ganas de lanzar un hechizo para que vuelva Diego o para que engorden todas las mujeres del mundo menos yo.

Empiezo a extenderme la plasta con el pincel, todo muy profesional, pero enseguida me canso y acabo poniéndome pegotes y masajeando con las manos hasta tener toda la cabeza cubierta. Ahora toca esperar media hora y decido sentarme en el sofá, estoy muy cansada, he dormido poco y mal, y además la vida de las peluqueras es muy dura.

¡Joder, joder, joder, me he dormido con el puto tinte puesto, han pasado tres horas, he manchado el sofá y tengo toda la cara naranja!

Tengo ganas de llorar, todo me sale mal, creo que me han echado un mal de ojo, porque tanta mala suerte junta no puede ser.

Voy al lavabo y cuando me miro:

- Pelo naranja.
- Cara naranja.
- Uñas naranjas.
- Nuca naranja.
- Raíces y laterales con canas.

Me *cagontó*, me cago en el tinte casero, me cago en mis hijos y me cago en Diego; sobre todo en Diego, que podría haberme llevado a Qatar, así yo llevaría velo en la cabeza y no se me verían las putas canas.

Por si no fuera bastante, cuando estoy intentando quitarme el tinte de la cara, llaman a la puerta.

Respira, Rebecca, respira.

—¡Ya voy! —grito mientras me pongo una toalla.

Me muero, cuando abro la puerta aparece en el rellano de mi casa el Victorius, arrebatadoramente guapo y con una sonrisa que *pa* qué. Estoy naranja, naranja y paralizada.

—Ho-ho-hola, esto..., ¿qué haces aquí?

Él tuerce la cabeza mirando fijamente mi cara y después mis tetas.

—Buscarte, no he sabido nada más de ti y quería verte. —Y se acerca como para entrar a casa.

No puedo dejarle entrar, esta es la casa de Diego y de mis hijos, no puedo profanar este santuario del amor con los restos de una felación de matrícula de honor (cómo me gusta el drama).

—¿Quién te ha dado mi dirección? —Me pongo en jarras, bloqueando la puerta y en plan diva acosada.

—Ayer cené con Susana y Manu. Fue él. No te enfades, debo decirte que fui muy insistente. —Y me guiña un ojo.

Pero ¿este de qué va? ¿Qué coño se ha creído? ¿Que porque sea el hombre más guapo del mundo mundial puede venir a mi casa, guiñarme un ojo y esperar que yo me abra de piernas? ¡Ah, no!

—¿Qué quieres? Porque estoy muy ocupada.

—Quería verte, ya te lo he dicho... ¿Por qué estás naranja?

Madre mía qué vergüenza.

—Mira, Victorius...

—Gabriel, me llamo Gabriel.

—Mira, Gabriel, no tengo que explicarte el porqué de mi naranja, pero te diré que mañana empiezo a trabajar en un restaurante muy famoso y he decidido arreglarme el pelo —le digo.

—Sí, un McDonald's, ya me ha contado Manu.

Esto es increíble, jodido Manu bocazas y jodida Janet por contárselo a Manu.

—Eres una mujer muy interesante, Rebecca, me gustas y me gustaría que repitiéramos lo de la discoteca.

Pero ¿será posible el tío cerdo?

—No me interesa, Gabriel, y ahora, si me disculpas, tengo muchas cosas que hacer. —Y le cierro la puerta en toda la cara.

Qué subidón, me siento poderosa, le he dicho que no a un modelo internacional que dice que le gusto.

Quiero llamar a Diego para que vea lo maravillosa que soy y que, a pesar de ser objeto del deseo de los hombres, yo solo quiero estar con él.

Pero mejor antes hablo con el cerdo contador de cosas de Manu.

Quién coño te ha dado permiso para darle la dirección de mi santuario del amor a alguien?

14.30

Ha ido? Te lo has tirado? Madre mía, qué bueno está. Cuéntamelo todo, Chicholina mía.

14.30

Calla, cerda salida, soy una mujer casada que ama a su marido. Qué bueno está y además loco por mí!

14.31

14.31

Cómo estás, tetona? Te echamos de menos, se te ha pasado ya el mosqueo? Tienes que quitarte ya el traje de viuda doliente, nena...

14.32

Calla, mañana curro.

14.32

No saben lo que han hecho... te vas a comer todas las patatas y hamburguesas que pilles... 😂 😂 😂 😂 14.33

El portazo en las narices al Victorius me ha subido el ánimo, eso y saber que ya no estoy enfadada con Manu. Estoy tan contenta que decido pasar la tarde con mis hijos; es más, los voy a llevar a cenar por ahí, gastándome el dinero que no tengo, ¡con dos cojones!

Voy a llamar a mi madre, que tengo muchas ganas de verla, así me pone al día de su romance con mi padre y, además, nos paga la cena. Sí, eso voy a hacer, en cuanto me quite el naranja de la cara.

15

Hoy es mi primer día en McDonald's, estoy nerviosa y un poco triste. Que nadie me malinterprete, estoy muy agradecida de haber encontrado trabajo y no tengo absolutamente nada en contra de McDonald's, solo es que mi vida laboral no la imaginaba así, tan... tan... ¿adolescente?

Da igual, es un curro y soy feliz, hoy es el primer día de mi nueva vida y dentro de poco seré directora regional o algo así.

Nada más entrar me ha recibido el chico que conocí en la entrevista y que dice ser mi *floor manager*, a ver si tengo un momento y me meto en Google para saber qué coño significa eso. Me han dado uniforme, pantalón, polo, gorrita y una placa con mi nombre.

Mi jefe tiene veinte años.

Es el más mayor de mis ocho compañeros.

Me llaman «señora».

Me tratan como a una anciana y ninguno entiende por qué me han dado el trabajo.

Estoy en la cocina haciendo hamburguesas, no pasaré a Cajas hasta dentro de tres semanas.

El trabajo no está mal, y como casi nadie me habla tengo mucho tiempo para pensar.

Y pienso... ¡vaya si lo hago!

Mi jefe no deja de mirarme con el rabillo del ojo, controla todos y cada uno de mis movimientos, parece que está esperando a que la cague, me pone tan nerviosa que al final lo hago y quemo doce hamburguesas del tirón. El niñato imbécil, que no tiene ningún tipo de piedad, me llama la atención delante de todos.

—Rebecca, está usted trabajando en un puesto de mucha responsabilidad, tiene que tener en cuenta que aquí es donde empieza todo, en Hamburguesas, tiene usted que poner los cinco sentidos en esto, porque, si no, no podrá pasar a Patatas hasta dentro de dos semanas. Yo estuve dos días en Hamburguesas y catorce días después estaba en Cajas. Si no está usted capacitada, es mejor que lo aclaremos desde ya.

¡Qué vergüenza, por favor! ¿Cómo es posible que un niño imberbe me diga a mí que no estoy capacitada para hacer hamburguesas?

—Perdón, no volverá a pasar —le digo, porque no puedo liarla el primer día.

—Eso espero. —Y se va.

Mi compañera de plancha me mira y me dice:

—Está preocupado y te tiene miedo, eso es todo.

—¿Miedo? ¿A mí? ¿Por qué? —No doy crédito.

—Es la primera vez que emplean a alguien tan mayor y tiene miedo de que le quites el puesto, se lo he oído decir a su novia, que es la encargada de Cajas.

¡Ah! Pobre chico, ha visto en mí un talento innato para dirigir todo esto y, claro, está nervioso. No se lo voy a tener en cuenta, cuando yo sea directora él será mi mano derecha. Un momento... la perra esta, ¿qué ha dicho? ¿«Alguien tan mayor»? ¿Mayor de qué? No le suelto un hamburguesazo en la boca porque una directora no puede hacer estas cosas, pero en cuanto me nombren la despido, por «madurofóbica».

A lo largo de la mañana quemo tres hamburguesas más y mi jefe y su novia resoplan cada vez que me ven; no se lo tengo en cuenta, entiendo que mi potencial de líder los tiene abrumados.

El día pasa rápido cuando una hace hamburguesas y en nada me planto en la hora de cerrar.

Prueba superada, no ha sido tan malo, y la perra no ha resultado ser una perra: es una chica fantástica, se llama Candela y tiene diecinueve años, está estudiando Psicología y trabaja para pagarse la carrera; me gusta, no en plan lésbico, me gusta como persona.

Ya en casa, me encuentro a Andy en la puerta con su traje de *runner* profesional: no le falta detalle, lleva de todo, reloj, auriculares, teléfono en el brazo, gafas horribles aerodinámicas, zapatillas fluorescentes..., vamos, de todo. No la veía desde la bronca en casa de la Eche.

—Hola, Andy. ¿Qué, a correr un ratito? —le digo con ganas de meterme con ella un rato.

Está avergonzada, lo noto en su cara.

—Hola, Rebecca, ¿cómo ha ido tu primer día de curro? Joder, cómo corren las noticias.

—Bien, no me puedo quejar, aunque si te soy sincera echo de menos el gimnasio. —Es la primera vez que lo digo en voz alta, pero me temo que lo llevo pensando desde primera hora.

—Date tiempo, cariño, esto es un trabajo puente, lo que no puedes hacer es dejar de buscar, no te acomodes, traza un plan de vida, todo te irá mejor.

—¿Quién coño eres? ¿Un anuncio de compresas?

—Vete a cagar, imbécil, lo digo por ti. ¿Por qué no te vienes a correr conmigo todos los días?

Pero, bueno, ¿qué está diciendo?

—¿Corres todos los días? Jajajá, no te reconozco...

—Pues sí, Rebecca, y me gusta. Empecé siguiendo a Carlos, pero Carlos tiene un esguince y hace tres semanas que no corre. Me sienta bien, Rebecca, sé que lo he criticado mucho, pero, joder, ¡no estoy haciendo nada malo, no intentes avergonzarme por ello, coño!

Tiene razón, vuelvo a estar celosa, tengo celos de que la gente siga con su vida mientras yo estoy estancada.

—Tienes razón, Andy, lo siento, te prometo que no me meteré más contigo porque hagas deporte; bueno, un poco sí, pero no mucho. ¿Quieres un café? ¿O explotas si no corres un día?

—Qué mala eres... Ya he ido, entraba en casa ahora, vamos a por ese café.

Subimos a su casa y ya volvemos a ser las mejores amigas/vecinas del mundo.

—¿Has hablado con Susana? —me pregunta mientras hace café y yo me meto en Facebook desde mi móvil.

—No, ¿debería?

—Te pasaste un poco en la presentación del anuncio, ¿no crees?

Sí, claro que lo creo.

—Le dije lo que pensaba, ¿es eso malo ahora?

—No, pero hay maneras, y ya sabes que para Susana tu opinión va a misa. ¿Sabes que ha retirado el anuncio?

—¡No jodas! No sabía nada. ¿Por qué coño me hace caso? —Me siento culpable, no pretendía eso, la verdad.

—Pues porque, en el fondo, todos nos dimos cuenta de que tenías razón, deberías hablar con ella, de verdad.

—Sí, lo haré, esta noche la llamo.

—Y con Diego, ¿qué tal? —Al grano, como siempre.

—¿Diego? Uy, eso ha quedado muy atrás, Andy, soy una persona nueva, Diego forma parte de mi pasado, estoy totalmente abierta al amor, de hecho, voy a bajarme una app que utiliza mi madre para ligar —le digo de carrerilla.

—Vamos, que estás hecha polvo, ¿no?

Hijaputa, cómo me conoce.

—Sí, echo de menos cada uno de nuestros momentos, echo de menos su presencia, su voz, su olor. Me siento tan mal por lo que hice que a veces no puedo ni respirar y se me cae el mundo encima cuando estoy con los niños y noto lo mucho que ellos también le echan de menos. Sé que muchas veces se portaba como un cerdo egoísta, pero, Andy, estábamos enamorados y puedo demostrarlo, ¿cuántas parejas conoces que vayan a Ikea y salgan sin discutir? Porque Diego y yo lo hacíamos, íbamos a Ikea y ¡no nos peleábamos! —Me rompo y lloro.

—Habla con él, Rebecca, díselo, dile que lo sientes, pídele que vuelva —me dice mientras me suena los mocos con papel de cocina.

—No, ahora no puedo, no tengo nada que ofrecerle, estoy hecha una mierda, tengo que tirar para adelante y tengo que hacerlo sola. Si me echa de menos y me ama tanto como yo a él, volverá.

—¿Quién coño es el anuncio de compresas ahora?

Nos reímos y me sienta de maravilla.

Entrada la tarde me llama Keanu por teléfono, se supone que está en clase de baile.

—Mamá, tengo que hablar contigo.

Uf, me temo lo peor.

—¿No estás en la academia?

—Sí, de eso se trata, ¿tienes un momento?

Me quedo muerta, es un adulto, ¿cómo ha podido crecer tanto en tan poco tiempo?

—Sí, claro, dime.

—No quiero bailar más, quiero hacer surf, quiero cabalgar olas y vivir la vida.

Pero bueno, ¿será posible? Menudo flipado, de verdad es que alucino.

—¿Perdona?

—Mamá, que quiero dejar de estudiar y de bailar, quiero dejarme el pelo largo y recorrer la costa en autoestop.

—Mira, Keanu, no tengo el chichi *pa* ruidos, esta noche hablamos.

Le cuelgo, porque como siga hablando le voy a decir cuatro frescas.

Bajo a la calle y me dirijo a buscar a las niñas, que están en casa de Marian, que es la mamá de Carlota, María y Jordi, que van al colegio con Uma y Chloé, y se ha llevado a mis hijas a celebrar un cumpleaños.

En la puerta de la calle me encuentro a la secta. Como

es la primera vez que los nombro, voy a pasaros detalle de quiénes son.

En un pueblito bueno (como el mío) vive una secta/comunidad que es impenetrable, son seres oscuros y diabólicos, vigilan tus pasos, saben todo de ti, opinan y critican tu vida, conocen tu trabajo, a tu marido y a tus hijos, saben lo que comes, lo que tiras, si reciclas, qué música te gusta, si haces deporte... Lo saben todo... Esta secta se hace llamar «VECINOS».

Los míos son una panda de hijos de puta que me tienen amargada la existencia por el simple hecho de no querer pertenecer a su grupo.

La secta que vive en mi calle la componen:

- El Líder: macho cabrío con aspecto de señor de sesenta años. Una propiedad y dos vados.
- El Segundón: macho cabrío con aspecto de señor de sesenta años que acompaña al Líder. Una propiedad, un vado.
- La Loca: hembra con aspecto de señora de setenta años, vocifera y apoya todo lo que dice el Líder. Una propiedad, un balcón, cero vados.
- La Pija Histérica: hembra con aspecto de mujer de treinta y cinco años, se rodea del Líder, el Segundón y la Loca, grita y acusa con el dedo. Una propiedad, un vado.
- Los Niños Cabrones: hijos y nietos de los miembros de la secta, que siempre están molestando. Propiedades, las de sus padres y abuelos.

Ahora que ya los conocéis a todos, entro de lleno en el tema.

Paso por delante de ellos, que, desgraciadamente para mí, hoy parece que están todos, y cuando lo hago oigo que la Pija le dice al Líder:

—Mira esta, ¿sabéis que la ha dejado el marido?

Pero, bueno, ¿cómo coño lo sabe?

—No me extraña, si es un desastre, no hay más que ver cómo aparca. Además, mi loro *Lorca* ha aprendido a decir «Keanu» de las veces que le grita al niño —contesta la Loca.

Ahí ya me entran los siete males, y no estoy dispuesta a aguantar que me humillen de esa manera. Me doy la vuelta y me planto delante de ellos.

—Sois todos unos amargados, que no tenéis vida propia, por eso os metéis en la de los demás —les digo, y me vuelvo a marchar.

La Loca se pone a gritar, la Pija Histérica se pone a gritar, el Líder intenta calmarlas, los Niños Cabrones se ponen a llorar y se lía una muy muy gorda.

—¿A mí me vas a llamar tú amargada? —grita la Loca.

—¡Amargada, tú, y además, gorda! —dice la Pija Histérica.

Yo me sorprendo, me bloqueo y me entran ganas de salir corriendo y eso es justo lo que hago, corro intentando escapar de todo, mis pies vuelan y empiezo a sentirme como Forrest Gump, cuando de repente choco con alguien y caemos al suelo, todo brazos y piernas.

—Perdón, lo siento, no la he visto —le digo mientras la ayudo a levantarse.

Es una mujer de aproximadamente cincuenta años, tiene unos rasgos duros, pero sus ojos son bondadosos, lleva un traje de chaqueta de color gris con una camisa de seda roja. Cuando la levanto me doy cuenta de que en el suelo también hay un maletín que recojo y le entrego.

—Tranquila, no me he hecho daño; vaya follón hay, ¿no? —me dice, y se arregla el traje.

—Sí, pelea vecinal, nada nuevo.

La señora coge el maletín y saca un documento.

—¿Es esta la calle Sant Josep? —me pregunta.

—Sí, es esta.

—¿Podrías indicarme dónde queda el número 6?

El número 6 es mi portal, ¿qué querrá?

—Sí, es el edificio amarillo, justo donde están todos gritando. —Se lo señalo y veo que la secta está retirándose, pero la Loca y la Pija Histérica siguen mirándome con cara de odio; no sé qué habré hecho para que me tengan tanta manía—. La voy a acompañar, ¿le parece? Es lo mínimo que puedo hacer después de haberla atropellado.

—Muchas gracias.

Nos dirigimos las dos al portal y, gracias a Dios, los últimos componentes de la secta se marchan.

Cuando llegamos, la señora me da las gracias y veo que pulsa el timbre de mi casa.

—Disculpe, yo vivo ahí —le digo, me temo que vengan a cortarme la luz o el gas o algo así.

—¡Oh, vaya!, ¿es usted Rebecca Vesdecó? —Me mira sorprendida.

—Sí, soy yo, ¿en qué puedo ayudarla?

—Rebecca, ¿podríamos subir para hablar?

Ay madre, me temo lo peor, ¿qué habré hecho? Con la

temporadita que llevo, no me extrañaría que me hubiera denunciado alguien, Sofí, por ejemplo, por haberme llevado toallas del gimnasio.

Respira, Rebecca, respira.

—Sí, por supuesto, subamos. —Joder, tengo la casa desordenada, qué vergüenza.

Una vez en casa, la hago sentar en el sofá en el que hay unos calcetines, los pijamas de los niños, una muñeca de *Frozen*, mi bata, un gorro de paja, un libro, tres bolis, una zapatilla y *Lola* echándose una siesta. Me muero de vergüenza, pero a la mujer no parece molestarla, mira mi casa con curiosidad.

—Perdone, voy a hacer una llamada y enseguida estoy con usted.

Me meto en la habitación y llamo a mi madre.

—Mamá, las niñas están en casa de Marian, ¿puedes ir a buscarlas?

—Sí, claro, ¿pasa algo?

—No lo sé, mami, ha venido a verme alguien del CSI que quiere hablar conmigo. —He decidido que la mujer es del CSI.

—¿Del CSI? ¡Ay, madre! ¿Miami o Las Vegas? —me pregunta la pobre.

—No lo sé, mamá, luego te cuento.

—Vale, hija, tú tranquila: si te quiere meter un palito blanco en la boca, no te preocupes, es para tener una muestra de tu ADN. Un beso, luego nos vemos.

Me cuelga y se queda tan ancha la tía.

Salgo de la habitación, hago un poco de sitio en el sofá y me siento al lado de la señora del CSI.

—Bueno, usted dirá. —Cruzo las piernas como Sharon

Stone: a ver, si esto es un interrogatorio vamos a hacerlo con clase.

—Me llamo Clara Roldán y soy abogada —me dice, y coge más documentos de su maletín.

A mí me entra la risa, porque cada vez que oigo las palabras «abogado» o «abogada» me entran ganas de hacer la imitación de Robert de Niro en *El cabo del miedo*: «Abogadoooo, abogadoooo.» Son los nervios, tengo que controlarme.

—Represento a Rosa Vila, que en paz descanse; mi clienta dejó testamento. Ya sabrá usted que la señora Vila no tenía familia, solo una prima lejana que vive en Canadá; pues bien, la señora Vila dejó todos sus bienes a la Fundación Vive, para la investigación del cáncer, pero su casa se la dejó a usted.

¿Cómo?

—Perdone, no entiendo nada, ¿quiere usted decir que Rosa me ha dejado su casa? —Me tiembla la voz.

—Sí, eso es justo lo que le acabo de decir, tiene que acudir usted a mi despacho, donde haremos la transmisión y la entrega de llaves. No tiene usted que preocuparse por nada: Rosa lo dejó todo preparado para que no tuviera ningún problema legal.

Me pongo a llorar, lloro por Rosa y por lo que ha hecho por mí, lloro por los nervios, lloro porque no sé qué decir, lloro porque hay personas que están, estén donde estén.

—Entiendo que esté usted así. Si le parece, Rebecca, voy a darle mi tarjeta para que cuando pueda me llame, ahora voy a dejar que se tranquilice. Encantada de conocerla. No hace falta que se levante.

Me quedo en casa sola, sentada en mi sofá, que parece

un mercadillo, y llorando hasta que llega mi madre con mis hijos, Andy, Janet, Manu y Susana: mi madre se ha quedado tan preocupada que ha llamado a todo el mundo para que vinieran a casa por si tenían que sacarme de la cárcel o algo así.

Son todos maravillosos; después de explicarles lo que ha sucedido, hemos hecho una fiesta a la que en principio me he opuesto, porque me ha parecido una falta de respeto hacia Rosa, pero después me he dado cuenta de que eso es justo lo que ella querría, así que hemos pedido pizzas y hemos celebrado por todo lo alto que soy propietaria de una casa que no conozco y que por fin mi suerte empieza a cambiar.

16

Contra todo pronóstico, pasé a Patatas en dos semanas y, para mi pena y alegría de mi jefe, allí me he quedado, llevo cinco semanas en Patatas y sin vistas de pasar a Cajas.

El tema de mi herencia está a punto de acabar, puesto que hace dos días me dieron las llaves de mi nueva propiedad, mi nueva y única, puesto que llevo viviendo de alquiler toda la vida.

El día que la abogada apareció en mi casa, escribí, por primera vez a Diego.

Hola, Diego, me gustaría hablar contigo, cuando puedas.
23.19

Pasa algo? Están bien los niños?
23.20

En Qatar era una hora más tarde, así que lo pillé durmiendo, ¿o no? ¿Estaría solo? Ay, madre, ¿por qué contestó tan rápido si estaba durmiendo? No sabía para qué coño le escribía...

> No, los niños están bien, ha pasado algo y quiero contártelo.
> 23.20

A ver, dispara.
🔫🔫🔫🔫
23.21

> Si estás ocupado no, no quiero molestar.
> 23.21

Me moría de ganas de preguntarle por qué había contestado tan rápido: con lo tarde que era, debería haber estado durmiendo.

No molestas, estaba pasando unas recetas a limpio. Cuéntame, anda, me tienes intrigado.
23.22

Me lo imaginé pasando recetas a su cuaderno, como un niño aplicado y mordiéndose la lengua, que es lo que hace siempre cuando escribe concentrado, y sentí una punzada en el estómago, lo quería aquí, conmigo... ¡Jodida felación!

Te acuerdas de Rosa? Mi amiga de tren? No te vas a creer lo que ha pasado.

 23.23

Uy uy uy, esto se pone interesante... Te llamo por Skype y me lo cuentas en persona?

23.23

¡Quería verme! ¡Qué nervios! Tenía que arreglarme, no me podía ver con esas pintas, ¡joder, joder, joder!

Vale, dame un minuto y te llamo yo.

23.23

Vale, pero, Rebe, no hace falta que te arregles, seguro que estás preciosa.

23.23

Jodido amor de mi vida que lo sabe todo de mí...

La conversación fue francamente bien, por un instante volvimos a ser nosotros dos, sin nadie más. Diego se puso muy contento con lo de la casa, me contó que pronto acabaría su máster y se ofreció para ayudarme en caso de que mi herencia fuera una casa encantada y hubiera que practicar un exorcismo.

Le conté cómo era mi trabajo y cómo estaba siendo mi vida sin él, utilicé un poco a los niños para tocarle la fibra sensible y coló.

Diego me dijo cómo se sentía y cómo estaba llevando la separación, me dijo también que me echaba de menos y que muchísimas veces (más de las que él habría querido) pensaba en que había hecho mal en dejar la relación. Cuando me dijo eso, yo me crecí y enseguida le pedí que volviera, que yo estaba esperándole, que siempre lo haría. A lo que él me contestó que no, que las cosas estaban como estaban y que una relación donde no había confianza estaba destinada al fracaso por mucho amor que hubiera.

No sirvió de nada decirle que había leído un artículo que explicaba que, si había amor, había solución, porque él había leído otro sobre no sé qué de relaciones tóxicas donde decía que la confianza y el respeto nunca deberían perderse, y que él opinaba que una mamada en el lavabo de una discoteca era una falta de respeto. Ahí ya no supe qué decir.

Lloré cuando en un momento de la conversación se le escapó «bolita de queso» para llamarme.

Él lloró cuando le dije que había quemado doce hamburguesas.

Nos despedimos con la promesa de volver a hablar cuando me entregaran la casa y hoy es el día.

Salgo del trabajo y en la puerta me espera toda la *troupe*: mami, mis hijos, *Lola*, Janet, Andy, Susana y Manu. Nos dirigimos todos en un microbús que Susana ha conseguido. Estamos todos radiantes, pero lo de mis hijos es increíble:

Keanu no puede parar quieto; Chloé se ha puesto sus mejores galas, que consisten en las alas de hada, los zapatos de flamenca y las gafas de buceo, y Uma va explicándole a Susana los beneficios de vivir al lado del mar, algo que sabemos porque la abogada nos lo comentó.

El pueblo de Rosa es precioso, pintoresco y blanco, el típico lugar costero que sale en las postales veraniegas; está a treinta kilómetros de donde yo vivo y a noventa de la ciudad. Cruzamos el pueblo y seguimos por una carretera de curvas, siguiendo las indicaciones del GPS; el camino es maravilloso: a un lado, la montaña; y al otro, acantilados y mar.

Los niños aplauden y gritan muertos de excitación. Mi madre no para de hacer fotos con el móvil y de hacer ruiditos tales como: «Ohhh», «Ahhh» y cosas así.

—¿Para qué haces tantas fotos, Lucía? —le pregunta Janet.

—Son para enviárselas a Mortadelo, se lo he contado todo y ahora quiero que vea la suerte que tiene Rebecca, para que vea que todo se arregla, porque el pobre tiene una hija desdichada a la que todo le sale mal. La verdad, ahora que lo pienso, desde que le conté lo de la herencia, no hemos vuelto a hablar, ¿puede ser que se haya molestado? Porque si es un hombre de esos que tienen envidia de que al prójimo le vaya bien, no lo quiero en mi vida. No, eso no es, Varón Dandy es una persona maravillosa, seguro que si no hemos hablado es porque ha pasado algo —contesta mi madre.

Una alarma se dispara en mi interior: hace dos días le conté a mi padre lo de la herencia, no quise decirle nada hasta no tener las llaves. Imagino que, si mi madre le ha contado que su hija ha heredado una casa en un pueblo de la costa, mi padre habrá sumado dos más dos y le ha dado cuatro, seguro. Joder, joder, joder...

—¿Cuándo se lo has contado, mamá? —le pregunto.

—Anoche, no quise decirle nada hasta que no tuvieras las llaves. ¿Por qué? ¿Qué importancia tiene?

Ayyy, ya se ha descubierto el pastel y mi madre sin enterarse de nada. No sé qué hacer, si hablar primero con papá o decirle directamente a mi madre que su enamorado es su ex marido y que la hija desdichada de uno es la hija con suerte del otro. Hablaré con mi padre primero, sí, eso haré.

—Ninguna, mami, simple curiosidad. —Y cambio de tema—: ¿Falta mucho, Manu?

—No: bienvenida a tu hogar, Rebecca.

En lo alto de un acantilado, cercada por una valla blanca de madera y rodeada de amapolas y pinos, se encuentra la casa.

Es una casita de dos plantas, blanca, toda blanca y el tejado es de pizarra, las ventanas, cuento seis, están llenas de geranios de diferentes colores. En uno de los pinos hay un columpio colgado. La casa, mi casa, tiene un porche que la rodea, con dos sillas de mimbre blanco y una mesita redonda a conjunto.

Es todo tan bucólico que lloro, cojo a mis hijos de la mano y nos dirigimos hacia la entrada.

Mi madre y los demás no nos siguen, creo que prefieren dejarnos solos en este momento; los niños están tan callados que no los reconozco.

El jardín es precioso, me pregunto quién lo habrá estado cuidando desde que Rosa se fue.

Cuando entramos, la sorpresa es aún mayor, todo es blanco, suelo, paredes, cortinas, todo. El salón es espacioso y amueblado con un gusto exquisito, con muebles coloniales de madera blanca.

Hay cinco habitaciones y dos baños, la cocina es enorme y preciosa, con una mesa redonda de madera maciza para ocho comensales. En el salón hay una cristalera que lleva al jardín trasero, al que mis hijos, después de elegir habitación, salen a jugar con *Lola*, que está excitadísima. Estoy apoyada en la puerta mirándolos, encogida por el amor, por la gratitud y por la sensación de que estoy en casa. Solo me falta una taza de café en las manos, catorce kilos menos y estoy lista para un anuncio de seguros del hogar, Santa Lucía, Ocaso, o algo así.

—Rebecca, cariño, felicidades —me dice mi madre mientras me abraza—. Esto es maravilloso, nunca podré agradecerle lo suficiente a Rosa todo esto. Estoy segura, Rebecca, que aquí vas a encontrar la paz que necesitas.

La abrazo y lloramos juntas.

—¿Crees que hay cervezas? —pregunta Janet.

A tomar por culo el momento Ocaso.

—La nevera está vacía, pero he encontrado un Rioja, que por lo menos vale doscientos euros —dice Manu, que lleva diez minutos abriendo armarios en la cocina.

—Pues vamos a brindar, porque no todos los días una hereda una propiedad así —dice Susana mientras abre la botella.

—Rebecca, aquí hay un sobre a tu nombre. Estaba en el armario de las copas. —Susana me da un sobre de color lavanda y al mirar mi nombre escrito sé que es de Rosa.

Cojo el sobre y me lo guardo en el bolsillo del pantalón.

—¿No lo vas a leer? —me pregunta mi madre.

—No, mamá, lo haré a solas si no os importa. Es de Rosa, y creo que le debo un poco de intimidad.

—Ay, Rebecca, mira que eres peliculera... —dice Janet.

—Calla, zorrón, y lléname la copa.

Pasamos la tarde investigando: la casa está vacía de objetos personales, las habitaciones son amplias y están todas amuebladas con una sencillez y un gusto impecable, predomina el blanco en todos los espacios.

Tengo dos días libres y Susana y mi madre se ofrecen para ayudarme en la mudanza que, visto lo visto, quiero hacer inmediatamente. Lo único que me preocupa es que la casa está un poco apartada y voy a necesitar coche si no quiero cambiar a los niños de colegio, la estación queda un poco alejada de la casa. Rosa iba todos los días andando, pero yo, sinceramente, no me veo capaz. En fin, da igual, de momento tengo el coche de Diego, pero, cuando vuelva, lo va a necesitar. Bueno, ya solucionaré el problema cuando llegue.

No tengo remedio, acabo de heredar una casa magnífica y estoy preocupada por el coche, estoy loca perdida, tengo que cambiar el chip, ¡pero ya!

17

La mudanza fue fácil, puesto que desde que me dieron la noticia había empezado a guardar cosas, y, gracias a la generosidad de Susana, que contrató una empresa especializada, todo fue bastante rápido. Estaba claro que la pija de la Eche prefería pagar antes que romperse una uña cerrando cajas y, como se había ofrecido a ayudarme, lo hizo, me ayudó a la manera Echevarría.

Hoy es la primera noche que duermo en la que es ya mi casa, los niños están instalados en sus habitaciones y han estado tan excitados que se han quedado dormidos al momento.

Soy una mujer nueva, soy preciosa, tengo a mis maravillosos hijos que me adoran, tengo una casa espectacular y estoy rodeada de gente que me quiere. Sí, eso es. Y para celebrarlo, voy a echarle huevos y a depilarme yo solita, porque soy una mujer autónoma e independiente que sabe hacer absolutamente de todo.

Me he comprado tiras depilatorias, en la tele la chica lo hace en un momento y luego la tía se pasa una pluma que se desliza suavemente por su pierna, si yo puedo hacer una

tortilla mientras cambio un pañal y vigilo los deberes...
¡depilarme va a ser pan comido!

Me siento una mamá maravillosa y ahorradora (como esas que se preocupan por el medio ambiente y lo reciclan todo).

Me ducho y me siento en el sofá con las tiras de cera.

La primera me quita dos pelos y me deja tres kilos de cera. No me desespero, es la primera vez...

A duras penas logro depilarme la pierna derecha ¡y solo por delante!

Más o menos, está bien, así que me lanzo a la segunda.

Madre mía, ¿quién coño me manda a mí meterme en este follón? Si quiero ahorrar, ¿por qué no dejo de fumar o de comprarme yogures Vitalínea que nunca me como y que se quedan seis meses caducados en la nevera?

Llevo las dos piernas depiladas solo por delante (y con grupos de pelos por aquí y por allá), mis piernas son como un descampado de discoteca para aparcar coches con arbustos cada tres pasos...

Necesito depilarme la parte de atrás y no llego, ¡además, solo me quedan dos tiras! ¡Ponía en la caja que con una bastaría! ¡Mentirosos! Pienso llamar a la Eche y decirle que todos los anuncios de cosmética dan asco.

Soy un desastre, me duele todo el cuerpo y además tengo las piernas en carne viva y llenas de pelos.

Soy como el Yeti con alopecia, soy un desastre y, a pesar de tener una casa blanca digna de anuncio, yo jamás estaré a la altura.

Respira, Rebecca, respira.

Voy a prepararme una taza de Cola Cao y a hacer un par de llamadas que tengo pendientes, a mi padre y a Diego.

—Hola, papá, ¿cómo va todo?

—Joder, pequeña, ¿cuánto hace que lo sabes? —Ha vuelto Robert de Niro.

—Desde que me dijiste que tu romance se llamaba Chica Cincuentañera.

—¿Se lo has dicho?

—No, quería hablar contigo antes. ¿Qué quieres hacer?

—Joder, no lo sé. ¿Qué opinas?

Está angustiado, se le nota en la voz.

¿Qué le contesto? ¿Qué opino? ¡Si es que no lo sé!

Respira, Rebecca, respira.

—A ver, papá, ¿en qué situación estás? ¿Has hablado ya con Lady?

—He hablado con Lady, estoy durmiendo en un hotel desde hace cuatro días. Lady está bien, parece que está liada con su primo Oswaldo, así que no ha puesto impedimentos a darme el divorcio, tengo que arreglar el papeleo y creo que en un par de semanas estaré en España.

Mientras oigo a mi padre divagar, miro a mi alrededor y me invade el romanticismo y las buenas energías, estoy sentada en un sofá blanco, en un salón precioso con suelos de madera blanca, las cortinas de las ventanas se mueven mecidas por la brisa del mar, así que... ¿por qué no?

—Papá, todo va a salir bien, así que habla con mamá y no le digas quién eres, sigue siendo su amante bandido y vente para España.

—Gracias, peque, te debo una, estoy seguro de que va a ser así, de que todo va a salir bien, solo hay que verte a ti. Por cierto, ¿qué tal tu nueva casa? —Ya está más relajado.

—Es estupenda, papá, e idílica, los niños están contentísimos y yo... yo no quepo en mí.

—Me alegro, cariño. ¿Y Diego?, ¿cómo está?, ¿qué sabes de él?

Me duele solo oír su nombre.

—Está bien, a punto de acabar su máster y de volver.

Se me encoge el estómago por decirlo en voz alta.

—¿Vais a volver? —me pregunta.

—No lo sé, papá, ojalá.

—Ojalá, Rebecca, ojalá.

Cuelgo.

Me fumo un cigarrillo.

Miro Facebook.

Hago una foto de mis pies en el sofá y la cuelgo en Instagram.

Abro un par de cajas de ropa y las coloco en el armario.

Hago de todo porque no quiero llamar a Diego... A ver, sí quiero, pero no me atrevo.

Vale, va.

Segunda llamada.

No, paso, es tarde, ya mañana si eso.

Me acuesto.

He llegado tarde a trabajar, me han «amonestado» y me descontarán las dos horas en la próxima nómina. Qué vergüenza, me siento como una adolescente a la que han pillado haciendo campana.

Se ha celebrado un cumpleaños y parece ser que he cometido un error de esos que no se perdonan. Me he equivocado y en los Happy Meal de las niñas he metido juguetes de niño y viceversa. Todos se han puesto a llorar histéricos y las madres han venido en grupo a quejarse.

El imbécil del encargado me ha pegado una bronca descomunal y encima he tenido que oír cómo una madre le decía a otra que yo era suficiente mayorcita como para no cometer ese tipo de errores.

Esta tarde, cuando llegue a casa, voy a dedicarme a buscar un nuevo trabajo, no puedo seguir así: si llevo tanto tiempo sin salir de Patatas no me van a hacer directora nunca. De todas maneras, no voy a dejar que esto me deprima: tengo una casa maravillosa y unos hijos estupendos, mi padre y mi madre se han vuelto a enamorar y mi ex... mi ex... mi ex es muy guapo, no se me ocurre nada más.

Cuando llego a casa, me tiro una hora dando vueltas y admirando cada rincón, que empiezo a saberme de memoria. Abro un par de cajas y las coloco, ya solo me quedan unas cien. Hace un día maravilloso, así que salgo al jardín trasero acompañada por *Lola* y me siento a la sombra de los pinos (como María del Monte) a relajarme un poquito mientras la perrita se revuelca encantada por el césped, cuando recibo un whatsapp.

> Mm, pued qedrm a zz
> en csa d Marc?
> 16.14

¿Qué dice? Creo que voy a comprar vocal y resolver.

> Qué dices, Keanu?
> Escribe bien, por favor
> te lo pido.
> 16.14

> Que si me puedo quedar a dormir en casa de Marc.
>
> 16.15

> Lo sabe su madre?
>
> 16.15

> Claro, mamá, te paso su teléfono si no te fías.
> 😄😄😄😄
>
> 16.15

> Tendrás que pasar por casa para recoger ropa para el cole, no?
>
> 16.16

> Mññ es sbd.
>
> 16.16

Supongo que quiere decir que mañana es sábado, es verdad.

> Ok, hsta mññ.
> Tq mch.
>
> 16.17

> Lol.
>
> 16.17

Otra palabrita rara, «lol», ¿qué le digo ahora para quedar de madre molona?

> 👆
>
> 16.18

¡Ea!
Llaman a la puerta.

Mi preciosa puerta blanca.

Mi madre.

Guapísima como siempre, lleva un pantalón negro ancho de pierna y una camisa blanca con gatitos amarillos.

—Hola, cariño, ¿cómo lo llevas? ¡Ay, qué contenta estoy por ti! Llevo un ratito fuera mirando la casa y el entorno y la verdad es que es maravilloso, cómo me gustaría haber conocido a Rosa. Pero ¿sabes qué?, tengo una sensación extraña, casi sobrenatural, no sobrenatural como cuando tu tía Aura vio al abuelo muerto, es más bien la sensación de que Rosa va a cuidar de ti. Qué buena mujer, qué alma tan generosa, dejarte esta casa tan maravillosa, solo porque sí, sin pedir nada a cambio. Por cierto, ¿qué ponía en la carta? —Todo esto lo dice sin tomar aire ni siquiera una vez.

—No la he leído todavía, mamá, quiero estar serena, quiero estar tranquila y tener toda la casa arreglada antes de hacerlo.

Y es verdad, creo que Rosa quiere que solucione cosas, siempre lo ha querido y me siento en deuda con ella, por eso quiero tener su casa (mi casa) perfecta antes de «hablar con ella» y digo «hablar» porque leer algo que ella escribió para mí es lo más parecido a una conversación.

—Ah, muy bien, hija, tú en tu línea de culebrón colombiano. Bueno, a lo que iba: me llevo a los niños a un espectáculo de Disney sobre hielo, es en la ciudad, así que me los quedo a dormir y mañana te los traigo. Ah, otra cosa: me ha escrito Mortadelo, se ha separado, Rebecca, y ha tenido lío con internet, por eso no me escribía. En un par de semanas estará aquí y no quiero asustarte, hija, pero voy a decirle que puede venir a vivir a casa. Sí, ya sé que no hace tanto que lo conozco, pero créeme: es como si fuéramos amigos desde hace años. No vayas a poner el grito en el cielo y a decirme que estoy loca, no hagas un drama de los tuyos de todo esto, es una decisión muy meditada y no, no es ningún psicópata de esos que tú dices. Ya está, ya lo he dicho.

—Lo entiendo, mamá, y me parece bien. De todas maneras, tenemos que hablar de esto. —Se lo voy a decir, que sea lo que Dios quiera.

Me mira sorprendida.

—¿Lo entiendes? Qué sorpresa, hija, qué sorpresa más grande. Por supuesto que hablaremos, pero ahora no, las niñas salen del cole y me voy a buscarlas, ¿dónde está Keanu?

—No está, se queda a dormir en casa de Marc. Además, ¿crees que él querría ir a un espectáculo de Disney? Por favor, mamá...

—Es verdad, pues me llevo a las niñas, ya lo llevaré a algún concierto o algo de eso que le haga más ilusión. Sí, eso haré, coméntale que dentro de dos semanas actúa Niña Pastori, a ver si le apetece...

—¿Niña Pastori? ¡Mamá, por favor!

—Ay, hija, no sé qué tiene de malo, ya lo hablaré con él, ciao!

—¿Te vas ya?

—Sí, hija, claro, ¿necesitas algo? —me pregunta desde la puerta.

—No, mami, es solo que no entiendo por qué te pegas la paliza de venir hasta aquí, cuando puedes llamarme por teléfono.

—Ay, hija, me gusta verte, además así me aseguro de que

no estás haciendo cosas raras. Mari, mi peluquera, me ha explicado que la hermana de su cuñada se acaba de separar, se ha hecho harakiri y va todo el día cantando y tirando flores.

—Hare Krishna, mamá. Harakiri es cuando te clavas un cuchillo tú mismo.

—Ay, cariño, pues eso. Un besito. *Ciaooooooo.*

Y vuelvo a quedarme sola.

Vale, tengo toda la tarde por delante sin niños.

Voy a deshacer cajas.

Tres cajas después me encuentro tirada en el sofá alternando Instagram con Facebook, estoy pensando en abrir una cuenta en Twiter...

Levanta, Rebecca, saca la ropa de las cajas, aprovecha y tira todas las prendas que no te pones.

Me levanto muy decidida, voy a dejar el vestidor (porque ahora tengo vestidor) como una tienda de Zara.

¿Cómo puede una acumular tanta ropa imponible? ¿Cómo? Vale, empiezo:

- Cinco vaqueros de la talla 38 de cuando tenía veinte años.
- Tres sudaderas con dibujos imposibles de combinar que francamente no recuerdo haber comprado jamás
- Dos *leggings* rotos. ¿Por qué?
- Dos pantalones de vestir que deberían haber estado colgados, pero, como no lo están, tienen unas arrugas que parecen cicatrices (además de que son del año de las Olimpiadas de Barcelona).

- Tres pantalones de chándal (pero ¿cuándo me he puesto yo un chándal?), uno de ellos con una mancha de lejía en toda la pierna.
- Once camisetas de manga corta con adornos varios: agujeros, purpurina, encajes y flecos.
- Un poncho.
- Un mono tejano de Stradivarius que me compré en un ataque de enajenación mental, que me he puesto una vez, cuando pesaba treinta kilos menos y, aun así, Diego tuvo que ayudarme a sacármelo.

Pausa, he pensado en Diego y me veo en la obligación de sentir nostalgia.

- Dos chaquetitas que me llegan más arriba de la cintura y que no tengo idea de a quién pertenecen.
- Tres jerséis que no bajan del pecho.
- Dos sujetadores premamá.
- Cuatro calcetines negros sin pareja (como yo).

Pausa. Más nostalgia y un dónut.

- Dos camisetas de Uma.
- Nueve bufandas horribles.

Cada vez estoy de peor humor, porque, consciente de que jamás me voy a poner esta ropa, la voy guardando en vez de tirarla (eso sí, doblada con estilo).

¿Por qué? ¿Por qué?

Es que hasta los calcetines y los sujetadores premamá. ¡No tendré más bebés! ¡No tienes pareja, Rebecca!

Otra pausa para regodearme en mi tristeza.

Creo que tengo síndrome de Diógenes o algo así.

Llamo a Susana para preguntarle.

—¿Qué haces? —le pregunto.

—Trabajar, ¿te suena? —dice tan borde como siempre.

—Perdona, guapa, que no dirija una empresa desde un despacho grande y raro no significa que no trabaje. No sé para qué te llamo, coño, se me olvida que eres una ex lesbiana antisocial.

—Pues esta ex lesbiana antisocial quiere hablar contigo; es más, tengo apuntado en la agenda ir a verte el jueves.

—¿El jueves? Coño, si estamos a viernes, mucha prisa no tendrás... ¿Tan ocupada estás como para no dedicarme un ratito hasta el jueves? Cuando eras una amargada lesbiana con pareja tóxica me gustabas más...

—Estoy muy ocupada, sí, porque vamos a lanzar una nueva línea cosmética y la culpa es tuya, y tienes razón: es mejor que nos veamos antes, ¿cómo lo tienes para dentro de media hora?

—¿Que la culpa es mía? Tú estás fatal, chica, ¿dentro de media hora, dónde? Ven a mi maravilloso hogar blanco...

—No, Rebecca, para lo que tengo que decirte es mejor que vengas a la oficina, y dame mejor una hora. Nos vemos.

No me da tiempo a preguntarle nada y me ha colgado sin ni siquiera saber si me iba bien o mal. Joder, qué tía más déspota, no sé cómo la soporta Manu, no sé cómo la soporta alguien. No pienso ir, ¿que se ha creído? Habrase visto semejante mandona, a su oficina, dice la Doña Importante, ¿qué coño tiene que decirme que no puede decirme en mi «fantabulosa» casita? ¡Mierda! Voy a vestirme, me voy a verla.

Vale, estoy en la oficina de la Eche. Cuando entro en el despacho me llevo una sorpresa, porque no estamos solas: hay tres personas más sentadas en la mesa de reuniones. Susana atiende una llamada de teléfono y me hace indicaciones para que me siente. Yo, muy educada, lo hago mientras paso revista a las tres personas que nos acompañan, que no paran de mirarme de arriba abajo y de cuchichear entre ellas.

Son dos mujeres y un hombre.

MUJER N.º 1: es alta, delgada, muy delgada, casi invisible, lleva el pelo corto y negro, estilo Cleopatra. Sus rasgos son duros, masculinos, lleva un pantalón de cuadros rojos y negros y un jersey de punto fino negro ancho hasta las rodillas. Tacones de veinte centímetros.

MUJER N.º 2: también alta, también delgada, pero no tanto, melena color miel, muy rizada y recogida en un moño bajo. Es guapa, muy guapa, se parece a Kim Basinger. Lleva un traje de chaqueta negro con camisa blanca que le queda ceñido al cuerpo. Taconazos negros.

HOMBRE: calvo, nervioso y muy femenino; si tuviera pelo sería Lili Elbe en la película *La chica danesa*. Lleva un pantalón ancho de seda gris y una camisa lila abrochada hasta el cuello.

Susana cuelga y hace las presentaciones, todo muy profesional, y yo alucino porque no entiendo nada.

—Rita, Gina, Stephan, esta es Rebecca —dice Susana, y me enseña como si fuera mercancía.

Vaya nombres... ¿Stephan? Venga, hombre, no me lo creo... Bueno, sí, no estoy yo como para juzgar nombres habiéndole puesto a mi hijo Keanu (que se pronuncia *Kenú*).

—Es perfecta. Como siempre, tengo que darte la razón —dice Rita, que es la guapa de pelo rizado.

—Habría que cambiar algunas cositas, pero nada grave —añade Gina, que es la que va de Cleopatra.

¿De qué coño hablan?

—¡Oh, la adoro, es un desastre! ¡Dejádmela a mí, voy a hacer de ella una diva! —anuncia Stephan moviendo las manos como si fueran las alas de una paloma loca.

Yo me pongo roja de la humillación y de la vergüenza, no tengo que aguantar esto, no sé de qué va y nadie tiene la decencia de explicármelo.

—Perdón, ¿estáis hablando de mí? —Alzo la voz, porque los cuatro se han puesto a hablar entre ellos como si yo no existiera.

—Perdona, Rebecca, déjame que te explique —dice la Eche—. Vamos a crear una nueva firma de cosmética, enfocada a mujeres reales, queremos que la belleza sea una fuente de alegría, no de ansiedad; queremos cambiar los cánones de belleza actuales; queremos que mujeres reales como tú se sientan bellas, seguras, que sean conscientes de sus tallas y se acepten, y queremos que seas la imagen de la firma.

¿Qué dice, está loca? ¿De qué coño va esto? ¿Imagen de qué?

—Susana, no entiendo. ¿Qué quieres decir con «imagen de la firma»? —le pregunto, porque estoy perdida.

—Es fácil, Rebecca, tú representas todo lo que queremos: una mujer pasadita de kilos y bella a pesar de ello. Queremos que cuando la gente te vea se dé cuenta de que la belleza es mucho más que ser delgada. Vas a salir en toda la publicidad de los productos, vas a ser modelo, Rebecca.

—¿Modelo? ¿Yo? ¿Me tomáis el pelo? Yo no puedo ser modelo de nada, Susana...

—Claro que puedes; es más, vas a serlo, y además de las influyentes. Ponte en mis manos, querida, es el trabajo de tu vida, solo tienes que ser tú misma, nada más.

Me levanto, me vuelvo a sentar.

—Susana, no puedo hacerlo. Como tu compañero ha dicho, soy un desastre, mi pelo es un nido, me sobran doscientos kilos, no tengo estilo, no tengo *glamour*, hago mamadas extramatrimoniales, tengo tres hijos y trabajo en un McDonald's. ¿Cómo voy a ser modelo?

Stephan se levanta como en trance, viene hacia mí y me abraza. Yo correspondo a su abrazo y me doy cuenta de lo delgado que está, qué suerte tiene...

—Susana, esta mujer es maravillosa, es una *drama queen* en toda regla; además, hace mamadas extramatrimoniales.

Joder, de todo lo que he dicho... ¿solo se ha quedado con eso?

No deja de abrazarme y cuando quiero hablar, él apoya mi cabeza en su pecho y me mece, como si tuviera dos años.

—Sí, te lo dije, es excesiva, en todos los aspectos. Sus defectos y virtudes se unen en ella para hacer una persona especial y única.

Ahora sí que flipo. A ver, siempre me digo a mí misma que soy única, pero es una mentira que me digo en momentos críticos, y ahora resulta que es verdad, que hasta tengo virtudes. Y lo más increíble no es eso, lo más increíble es que la víbora de Susana Echevarría se ha dado cuenta y lo ha dicho en voz alta... Al final va a ser que tiene corazón...

Logro desembarazarme del abrazo de Stephan y miro a Susana directamente a los ojos, ella me sostiene la mirada.

—Lo voy a hacer, voy a ser como Monica Bellucci a la española. ¿Cuándo empezamos?

Susana sonríe y me guiña un ojo.

Rita suspira.

Gina se quita un pellejo de la uña.

Stephan da saltitos y palmaditas.

He entrado en esta habitación siendo una trabajadora de McDonald's que no pasa de Patatas y salgo siendo una futura promesa del mundo de la imagen.

18

Voy a ser modelo.

Voy a ser modelo y no me hago a la idea.

Después de la primera reunión con Susana y su equipo, hubo muchas más, y aunque al principio, debido a mis inseguridades, me costó muchísimo aceptar todas las condiciones, finalmente, lo hice.

Han pasado dos meses desde aquellas reuniones, donde se me explicó con detalle en qué consistiría mi trabajo, y desde entonces me están preparando.

Mi vida ha cambiado, ha cambiado mucho.

Mis días pasan entre pruebas de peluquería, de maquillaje, de vestuario, me hacen masajes, manicuras, pedicuras, *peelings*, baños de barro, mascarillas de todo tipo, el otro día incluso me pusieron una de oro. Sí, de oro, me quedé tan impresionada y tan aturdida que estuve a punto de llevarme los restos y venderlos en una tienda de esas que ponen «Compra de Oro».

Económicamente, las cosas también van mucho mejor, no me acostumbro a no estar preocupada por llegar a fin de mes.

Disfruto de la vida, de mi casa de la que me he enamorado profundamente, incluso empiezo a disfrutar de verdad de mis hijos, y ya no me importa, por ejemplo, que la hora de hacer pis sea un acontecimiento público, porque siempre que entro en el baño entran los tres detrás de mí. Además, al no estar Diego, he desarrollado nuevas capacidades, como oír quejidos o estornudos a través de puertas cerradas en mitad de la noche y a tres dormitorios de distancia.

La vida está siendo generosa conmigo y yo estoy tan, tan... ¡tan hasta los huevos! ¡Estoy hasta los huevos de tanto barro y tanto masaje!

Además, por si fuera poco, tengo mi primera sesión de fotos programada para la semana que viene y estoy de los nervios.

No sé lo que me pasa, parece que no sé disfrutar de nada, no sé si necesito un abrazo, un beso, dos guantazos, cuatro polvos, un plato de jamón, un kilo de gambas o una cerveza... es un sinvivir.

Sigo echando de menos a Diego y procuro no hablar mucho con él, me duele y empiezo a sentir que me está olvidando, que se está acostumbrando a vivir sin mí y yo no puedo, no consigo llenar el vacío que ha dejado. Le dije lo de mi nuevo trabajo y se puso muy contento por mí, pero yo prefiero pensar que está muerto de los celos.

Estoy en el jardín trasero, tumbada en una hamaca colgada de un árbol, que, como ahora tengo dinero, he comprado por internet, mi nuevo vicio. Mi madre dice que me estoy volviendo loca con las compras, aunque a mí no me lo parece. Es muy exagerada, tan solo he comprado:

- Una hamaca
- Una casita de madera para Chloé (casita no, casa, que caben los tres niños).
- Una vajilla de porcelana de treinta y dos piezas, roja con topitos blancos.
- Dos jerséis que no me van.
- Dos vestidos demasiado cortos.
- Un par de zapatos que me aprietan.
- Una tabla de surf para Keanu.
- Un iPad para Uma.
- Una pulsera de amatistas que se llama Emperatriz en Galería del Coleccionista.

Quizá sí que me esté pasando, pero, coño, tengo dinero y nunca he podido hacer estas cosas.

A lo que iba, que estoy en mi hamaca esperando a que los niños terminen de vestirse porque nos vamos a la playa, vamos a pasar una jornada maravillosa todos juntos, soy una madre increíble y llevo a mis niños al mar para que el sol dore sus preciosas caritas; y, mientras ellos retozan en el agua y juegan con *Lola*, yo los miraré sentada en la arena con una piña colada.

A pesar de vivir a escasos metros de la playa, llevamos equipaje como para irnos de campamento y decido coger el coche para meterlo todo. Una bolsa con las toallas, otra con los juguetes, la tabla de surf de Keanu, una nevera con bebidas, patatas fritas y guarradas semejantes, un libro, dos revistas, la sombrilla, un gorro de paja, una pelota para *Lola* y bañadores secos para no mojar el coche a la vuelta. Aun así pienso que se me olvida algo.

Mi biquini es de risa, a pesar de todo lo que he comprado no se me ha ocurrido comprarme un biquini decente y cuando he buscado en mi ropa solo he encontrado una parte de arriba de un modelo y una parte de abajo de otro, así que el resultado es para morirse. Llevo una braguita marrón de lentejuelas y un sujetador blanco y negro tres tallas más pequeño (me da la sensación de que como respire voy a matar al que tenga enfrente). Estoy blanca, casi transparente, y con tanto tratamiento me brilla la piel; pero, en fin, ya no hay marcha atrás, así que tiro para la playa.

Qué desastre, qué amargura, no tengo hijos, tengo gremlins... Me he tirado las tres horas de playa gritando, corriendo detrás de la sombrilla que se iba volando todo el rato, quitándome a *Lola* de encima cada vez que intentaba tumbarme, sacudiendo la toalla e intentando que no se me metiera la braguita por el culo. Además, no me he llevado el protector solar y nos hemos quemado todos (menos la perra, claro).

Tres horas después ya estamos llegando a casa de nuevo y yo estoy desquiciada: ¿quién coño me manda a mí ir sola con tres niños salvajes a la playa?

Lo que debería haber sido un estupendo día de sol y mar se ha convertido en un desastre, como siempre, las cosas más sencillas y bonitas de la vida se convierten en pesadilla cuando tienes una familia como la mía.

Llego a casa.

Diviso en la puerta de entrada a dos personas, dos hombres para ser exactos.

¡Joder, uno de ellos es Victorius!

¡Joder, el otro es mi padre!

Madre mía, ¿qué coño hacen estos dos juntos?

Mis hijos, que se han dado cuenta de que el abuelo está en casa, salen corriendo y gritando:

—¡Abuelo, abuelo!

El abuelo corre hacia los niños, los niños corren hacia el abuelo, todo muy Heidi, con perra incluida (aunque *Lola* no se parece mucho a *Niebla*, cumple muy bien con su papel).

Todos se abrazan y se besan y me dejan a mí con las bolsas y la sombrilla, que me está despellejando el hombro.

Victorius sigue en la entrada, mirando la escena, entonces se da cuenta de que voy cargada y viene a ayudarme.

Qué espectáculo, por Dios..., qué bueno está...

Respira, Rebecca, respira.

Me coge las bolsas y la sombrilla y me saluda con un beso.

Pero, bueno, ¿este de qué va?

Mi padre me mira a lo lejos y los niños también. Verás como el cabrón este me mete en un problema.

—¿Qué coño haces aquí, Victorius? Tu obsesión por visitarme en mi casa empieza a ser preocupante...

Me mira con esos ojazos y yo me derrito.

—No te hagas la dura, estabas deseando verme, igual que yo a ti.

Ufff, este tío está fatal.

—De verdad, tío, que tienes un problema muy gordo —le digo mientras intento quitarle las bolsas.

—Mmmmmm, no seas obscena, no digas «gordo», que sabes que me la pone dura.

—Cállate, chalado, yo no sé una puta mierda de ti, no te conozco y no me interesa conocerte. Que te quede claro que una mamada no me hace ser tu novia.

Mi padre se acerca.

—¿Todo bien, Rebecca? —Pone pose de guardaespaldas.

—Sí, papá, Victorius ya se va.

Victorius deja las bolsas en el suelo y le ofrece la mano a mi padre.

—Buenas tardes, soy Gabriel.

Joder, qué bueno está.

—Marcos, encantado. Me suena tu cara, ¿te conozco? —dice mi padre mientras se estrechan las manos.

—Puede ser, he hecho algo de publicidad —dice Victorius mientras se atusa el pelo.

Mi padre lo mira, me mira y dice:

—¿Este es el del asunto?

¿Cómo coño lo sabe?

—¿Qué asunto, papá?

—No te hagas la tonta, Rebecca, me lo contó Chica Cincuentañera...

Joder, joder, joder.

—Hablamos dentro, papá. —Cojo las bolsas y me dirijo a mi casa.

—Te llamaré, Rebecca —dice Victorius.

No le contesto, qué tío más tonto, por Dios.

Los niños se quedan en el jardín mientras papá y yo

nos ponemos al día, me alegra tenerlo aquí... Está guapo, más de lo que recordaba, alto, fuerte y muy bronceado.

—¿Qué ha pasado con Lady? ¿Cómo se lo ha tomado? —le pregunto, porque me parece mentira que la haya olvidado tan pronto y esté totalmente entregado a iniciar una nueva relación.

—Todo bien, en los últimos meses las cosas no iban, está enamorada de Oswaldo y creo que van a tener un hijo. No te preocupes, para mí ha sido un alivio. Ella es feliz, Oswaldo es feliz y yo soy feliz. Todos contentos.

Qué fuerte me parece, qué asco de tíos. Acaba de romper con su mujer que le estaba poniendo los cuernos y ya está bien, feliz, según sus propias palabras.

—¿Y cuáles son tus planes ahora que estás tan feliz? —No puedo evitar preguntarle con retintín mientras busco algún mechero para encenderme un cigarrillo.

—No fumes esa mierda, hija, fúmate uno de estos. —Y saca un puro enorme.

Me lo enciendo, le doy una calada y me mareo, tanto que tengo que sentarme para no caerme de culo, pero guardo la compostura y fumo a lo Sara Montiel.

—Voy a hablar con tu madre. Hemos quedado mañana por la noche en el faro, a ella le parece muy romántico. No sé qué va a pasar, Rebecca. ¿Cómo crees que reaccionará cuando vea que soy Varón Dandy? —Pobre, se le ve tan preocupado...

No sé qué contestarle, no he tenido huevos de contarle nada a mi madre.

—No lo sé, papá; sinceramente, no lo sé. Tendremos que esperar a mañana. ¿Quieres que vaya contigo?

—No, ni hablar, yo solito me he metido aquí y yo solo voy a salir, y te aseguro que me voy a llevar a la chica.

Ya está otra vez haciendo de Robert de Niro.

—No me cabe duda, papi.

Los niños están encantados con el abuelo aventurero en casa y él parece realmente a gusto en el papel de «abu». Pasan la tarde haciendo una cabaña en el jardín trasero a la que yo me he opuesto por completo: me he gastado una pasta en una casita de madera para que ahora hagan una barraca con cuerda y sábanas.

Les llevo una limonada casera que he visto en un tutorial de YouTube y me siento una madre/hija maravillosa.

Mientras la tomamos, papá aborda el tema de Diego.

—Lo llevo bien, papá, de verdad. No te voy a mentir, le echo de menos, pero estoy asumiendo que ya no está y, realmente, cada día estoy mejor —le digo, haciéndome la madura.

—Me alegro, hija. De todas maneras, me gustaría que las cosas entre vosotros se arreglaran, sabes el aprecio que le tengo a Diego.

—Lo sé, papá, pero las cosas pasan por algo, ¿no crees? —No me lo creo ni yo—. Seguro que algo bueno está por llegar.

—¿No lo dirás por el gilipollas ese que ha venido hoy? —Se refiere a Victorius. No había vuelto a pensar en el encuentro de esta mañana.

—No, por supuesto que no. La verdad es que no quiero tener nada con él y sinceramente no entiendo qué coño hacía aquí.

—No me gusta, Rebecca, hazme caso, hija, soy perro viejo.

—No sufras, papá, no me interesa. De verdad.

Mi padre ha bajado al pueblo con los niños a comprar no sé qué para hacernos una cena cubana y yo estoy sentada en el porche con una copa de vino blanco. Qué maravilla, qué relax, qué tranquilidad...

Suena el teléfono: la Eche.

—Hola, Rebecca, ¿qué tal?

—Hola, Susana, pues mira, me pillas relajada del todo...

—Estupendo, momento indicado para decirte que tu primera sesión ha cambiado de fecha, es pasado mañana.

¡Mierda!

Respira, Rebecca.

—¿Y eso? —Intento disimular el tembleque de mi voz, soy una modelo profesional acostumbrada a estas cosas.

—Temas internos. Mañana te llamo y confirmo hora. Un beso. —Y me cuelga.

Joder, joder, joder.

No estoy preparada, qué vergüenza, ¿qué hago? ¿Por qué acepté este trabajo? Con lo bien que estaba yo en Patatas...

La cena resulta ser espectacular, un montón de platos que parece increíble que haya cocinado mi padre: plátano frito, congrí (que es arroz con alubias), pierna de cerdo al horno y buñuelos de yuca. Joder, qué festín, me he engordado por lo menos dos kilos... Qué cosas más ricas... ¡Mi padre cocinando! Estoy loca por contárselo a mamá, pero no puedo decirle nada hasta que no se vean.

La costumbre hace que le envíe un whatsapp a Diego. Está en línea, qué rabia, ¿con quién habla?

> Mi padre ha hecho una cena que te cagas.
> 😳 😳 😳 😳   22.36

> Hola, Rebecca... tu padre?   22.36

> Sí, está aquí, ha venido a conocer a mi madre, han quedado mañana en el faro... A que es romántico?
>   22.37

> Vas pedo, Rebecca? Dónde están los niños?
>   22.38

> Calla, insensato, yo no bebo. Mi madre y mi padre tienen un romance por internet, ella no sabe que es mi padre y él no hace mucho que se enteró de que su Chica Cincuentañera es mi madre.
> 😢 😢 😢 😢 😢 😢   22.38

Va a pensar que estoy loca, que tengo una familia de locos y que estoy criando a sus hijos entre ellos. Se me olvida que Diego se está convirtiendo en un chef reconocido y no forma parte de este mundo mío lleno de frikis.

No me jodas que Varón
Dandy es tu padre!!!
Qué follón!
😱😱😱😱😱   22.39

¿Perdona? ¿Cómo coño sabe eso?

Cómo sabes que se
llama Varón Dandy?
                    22.40

Me lo dijo tu madre...
Sabes que hablo con tu
madre, no?
                    22.41

¿Que habla con mi madre? ¿Será posible? Qué traicionada me siento, ¡mi propia madre, engañándome a mí... a
su hija! ¿Por qué no me lo ha dicho? ¿Qué se cree, que me
voy a poner histérica porque habla con mi ex?

Sí, por supuesto, lo
había olvidado, con
tanto lío con lo de
mi nuevo trabajo, mi
nueva casa y tal... voy
estresadísima...
                    22.41

¡Toma! Si crees que me vas a pillar, lo tienes claro... Yo
ya no soy la de antes... ¡Chúpate esa!

No tenías ni idea,
verdad?   22.42

No.
😡😡😡😡   22.43

No te vayas a poner
histérica ni a enfadarte
con ella, que te conozco.
                    22.43

¡Joputa!

Tranquilo, no lo haré.
                    22.43

Vale, ya me contarás
cómo va la cita de tu
padre y tu madre...
Cuídate.
                    22.44

Te quiero.
                    22.44

Y se desconecta.
Y yo lloro.
Y me duermo llena de amor y buenas sensaciones.

19

Mañana tengo la puta sesión de fotos y esta noche mi padre y mi madre han quedado para conocerse.

No se puede estar más nerviosa. Para colmo, como ayer me quemé en la playa, sé positivamente que me van a echar bronca. Normal, llevan meses cuidándome la piel y ahora yo me presento como una guiri alemana que pasa sus vacaciones en Benidorm.

Mi padre lleva toda la mañana revoloteando por la casa y me está poniendo enferma.

Salgo al porche con una Coke fresca y mi iPhone 6 (otro caprichito que me he dado), a ver si me relajo.

Me meto en Facebook y charfardeo el perfil de Sofí, que lo tiene público: veo que ha contratado a una recepcionista delgada y rubia, que es exactamente igual que ella. En el fondo me da rabia, es como si me hubieran quitado el puesto y me hubiera sustituido por una versión mejorada de mí. En una de las fotos veo a las arpías Carla y Helen dándole un beso a la nueva recepcionista. Me entran los siete males y me pongo de mal humor, qué asco de gente superficial, que odian y aman a las personas según su físico...

¿De qué coño estás hablando, Rebecca? ¡Tú eres modelo, eres la Marilyn Monroe del momento, eres una preciosa mujer entrada en carnes que va a revolucionar el mundo!

Joder, me cuesta creerlo, porque justo en este momento estoy mirando mi muslo y tengo celulitis, mucha celulitis... ¿Marilyn tenía celulitis? Me meto en Google y tecleo: «Marilyn Monroe celulitis.»

¡Mierda! Marilyn medía 1,66 y pesaba 63 kilos...

Yo mido 1,64 y peso 76...

Eso sí... celulitis tenía... y cuando andaba le rozaban los muslos, como a mí... somos almas gemelas...

Llaman por teléfono: Janet.

—¡Dime, por favor, que conoces a alguna bruja mala! —me dice gritando.

—Susana Echevarría —le contesto.

—No, imbécil, una bruja de verdad, de las que hacen hechizos y esas cosas.

Madredelamorhermoso...

—¿Para qué quieres una bruja mala?

—Estoy que me va a dar algo, la Guarraquetecagas me tiene desquiciada, ¿te acuerdas del vídeo para emocionar? Pues, tía, me acabo de meter en su canal de YouTube, porque ahora la asquerosa esta también tiene canal de YouTube, ¡y el puto vídeo tiene un millón y medio de visualizaciones! Pero eso no es lo peor, tía... ¡Ha salido en prensa! Quiero que le hagan un hechizo, no lo soporto más, estoy en un estado de nervios que no puedo, nena, me va a dar algo. —Las últimas palabras las dice llorando.

—No te preocupes, que ahora mismo me meto en internet y te busco una bruja que te vas a cagar, de esas que degüellan gallinas y todo, pero no me llores, ¿eh?

—Tía, es que no es para menos, ¿Cómo se puede ser feliz sabiendo que la ex de tu novio es perfecta? No puedo, es que no puedo. Además, la guarra no para de quejarse de todo, monta un drama por nada. ¿Que se matan pollos?... drama. ¿Que esquilan ovejas?... drama. ¿Que la gente come carne?... drama. ¿Que el mundo se va a la mierda?... drama. Todo el puto día quejándose de todo, es que no puedo, no lo soporto, me da un asco que me muero, ¡siempre igual! ¡No aguanto a la gente que se queja!

—¿Y qué estás haciendo tú si no es quejarte?

—Yo no cuento, zorra —me contesta, y acto seguido nos entra la risa.

Seguidamente, me llama mi madre.

—Hola, cariño, qué nervios tengo, quedan horas para verle la cara al amor de mi vida... Ay, Rebecca, me siento tan bien... Estoy como si fuera mi primera cita, no me extrañaría que me salieran granos, como a ti cuando tenías dieciséis años, ¿te acuerdas, nena? Qué cara tenías, pobrecita mía. Hablando de adolescentes, ¿cómo está Keanu? Me mandó un whatsapp ayer para decirme no sé qué de tu padre, no entendí nada porque la verdad es que el niño escribe raro, ¿quieres decir que no es disléxico? Porque hija, de verdad que entre el whatsapp de tu hijo y un jeroglífico egipcio no hay mucha diferencia; quiero decir que si en vez de letras me pone un pájaro, un ojo y un sol no hubiera notado la diferencia... Le preguntaré a Trini, a ver si sabe de alguna hierba para la dislexia. Bueno, a lo que iba, que como no entendí nada le contesté que muy bien y parece que acerté porque se quedó contento. ¡Ay, qué nervios! Te voy a pasar una foto de lo que me voy a poner, es un *look* inspirado en Audrey Hepburn en la película esa... ¿cómo se llamaba? Sí, hija, la película donde canta en una ventana y luego come delante de la joyería esa tan famosa... ¿Estefanía? ¿Elizabeth?...

—Tiffany's, mamá, y la película es *Desayuno con diamantes*. —La de información que es capaz de darme en un minuto.

—¡Eso! Pues lo dicho, te mando la foto y me dices algo, no quiero dar el cante y presentarme como si fuera al Palacio Real. Pero, por otro lado, si voy muy informal puede pensar que no le doy la importancia suficiente. ¿Qué opinas? Ay, hija, no me ayudas nada, de verdad, desde que eres mari modelo no se puede contar contigo... jajajá. Bueno, hija, te cuelgo que te enrollas a hablar y al final no me da tiempo de nada. *Ciao!*

Y cuelga.

Son las doce de la noche, no sé nada de papá y, lo que es peor, no sé nada de mi madre desde que llamó antes de su cita.

Me levanto a las siete de la mañana y lo primero que hago es mirar el móvil por si mi madre ha llamado.

Lo segundo es ir a la habitación donde duerme mi padre para ver si está.

La respuesta es no. Nadie me ha llamado. Mi padre no ha dormido en casa.

Despierto a los niños, desayunamos y los llevo al colegio.

Son las nueve y no tengo que estar en el estudio hasta las doce.

No sé qué hacer.

No sé si llamar a mamá.

No sé si llamar a papá.

Los llamo a los dos.

Ninguno me contesta.

Me paro en un quiosco y compro la prensa.

Me siento en un bar, pido café con leche y me dispongo a leer el periódico en un estado de acojonamiento máximo. Tengo miedo de encontrarme con la noticia de que se han encontrado dos cuerpos sin vida en el mar.

No hay nada de eso; sin embargo, veo que Victorius va a protagonizar una película. Me da igual.

Vuelvo a llamar a mis padres: nada.

Llamo otra vez: nada.

Después de dos cafés con leche y trece llamadas sin que nadie me conteste, recibo un whatsapp.

No me llames más, hija, que estoy muy ocupada y no puedo atenderte. Llama a tu padre que, por lo que veo, tenéis muy buena relación.
 09.33

Está enfadada.

Mierda, la cosa no salió bien.

Joder, joder, joder.

¿Qué le digo?

> Vale, mami.
> Te quiero.
>
> 09.33

Sí, ya.
Hablamos luego.
🔲 🔲 🎶   09.34

Vaya problema tiene mi madre con los emoticonos, no hay manera con ella...

¿Dónde está mi padre?

Le llamo y nada.

Respira, Rebecca.

Oye, mi padre tiene cincuenta y nueve años ya, así que es bastante mayorcito, me voy a la sesión de fotos.

El estudio está lleno de gente, hay por lo menos veinte personas; a las únicas que reconozco son Susana, Rita, Gina y Stephan. Para dirigirme a ellos tengo que cruzar la estancia y es algo que no me apetece nada, porque el grupo que hay está lleno de mujeres flacas y glamurosas y de hombres desmesuradamente guapos y musculosos. Me armo de valor y me abro paso, la gente está concentrada en diferentes labores y paso desapercibida. Y, de repente, cuando estoy a punto de llegar donde se encuentra la Eche, tropiezo con una chica joven, alta, delgada y con cara de gata, que lleva un micrófono de esos que son como diademas (como los de Madonna en sus conciertos) y una carpeta en las manos.

—Perdona, ¿quién eres? —me dice la muy estúpida mientras me mira de arriba abajo.

Me entran unas ganas locas de decirle que soy la estrella, la diva por la que se ha montado todo, te vas a cagar,
pava maleducada.

—Soy Rebecca, vengo por lo de las fotos... —Soy una
cagona.

Me mira asombrada y me dice:

—¡¿Rebecca la modelo?! —Parece que no da crédito y
a mí me empiezan a entrar las inseguridades de la muerte,
creo que lo mejor es que me vaya y ya desde fuera llamaré
a Susana y le explicaré que no puedo hacerlo.

La putada es que la zorra esta ha pegado un grito al
preguntarme y todo el mundo me está mirando.

Se acerca la Eche dando palmadas para llamar la atención de los presentes.

—Equipo, ya está aquí Rebecca. —Todos me miran y
creo que me va a dar un parraque—. Laura, llévatela a vestuario; Jorge, prepara el atrezo; Sasha, maquillaje; Héctor,
iluminación. Vamos, todo el mundo a trabajar.

Me da un beso en la mejilla y la tal Laura me coge de la
mano y me conduce detrás de un biombo, me da unas bragas blancas y un sujetador a juego y me dice:

—Cámbiate y ven a maquillaje.

Y me deja allí, detrás del biombo.

¿Cómo coño me voy a poner unas bragas y salir delante de toda esa gente? ¿Cómo he podido pensar que una
gorda como yo podía ser modelo? Mi vida es una mierda.
¿En qué estaba pensando? ¿En que porque he heredado
una casa y le he hecho una mamada a un obseso de la grasa
mi vida iba a cambiar?

Respira, Rebecca, respira.

«Todo el mundo confía en ti y te mereces esta oportunidad, por ti, por tu familia y por todas las gordas del mundo que llevamos toda la vida intentando adelgazar para no sentirnos mal ante esta mierda de sociedad. ¡Ponte las putas bragas ahora mismo y sal ahí moviendo tu inmenso culo!»

Con la emoción y el discursito motivador que me he dado a mí misma, me vengo arriba y suelto un grito:

—¡Sí! ¡Yo puedo!

—¿Qué es lo que puedes, bombón? —me dice una voz desde el otro lado del biombo.

Me suena la voz...

—¡Porque si hay algo que no puedas hacer, yo te ayudaré encantado!

¡Mierda, es Victorius!

—Pero, bueno..., ¿se puede saber qué coño haces aquí? —le digo mientras me cambio a toda velocidad.

—He venido a darte apoyo para tu primera sesión, ¿te parece mal? De otra cosa, no, pero de esto entiendo y sabes que soy el mejor... —me contesta el Tonto a las Tres.

—Vete a cagar, pesado, no necesito apoyo moral y menos tuyo.

Salgo con mi conjuntito y me doy cuenta de que pierdo mucha credibilidad vestida (desnuda) así.

—Estás quemada, Rebecca —me dice, mirándome de arriba abajo.

—¡Claro que estoy quemada, quemada y acosada!

—Quemada por el sol —me contesta el imbécil.

Aparece en escena Sasha para maquillarme, le da un pico en la boca a Victorius, me mira y comenta:

—¡Qué desastre! Pasa al set de maquillaje, por favor, tenemos que disimular ese tono de piel, ¡pero ya!

Victorius se queda mirando mientras nos alejamos, me guiña un ojo y me tira un beso y centra su atención en mi enorme culo.

Respira, Rebecca, respira.

La tal Sasha me cubre todo el cuerpo con un maquillaje que tapa a la perfección el tono rojo, pero que también me deja acartonada. De cara estoy guapísima: a pesar de que lleva una hora maquillándome, en mi rostro no se nota nada, es como si esa belleza fuera natural, mi tez es perfecta, mis ojos, enormes, y mis pecas me quedan maravillosamente bien. No puedo andar bien por culpa del acartonamiento y así es como me dirijo donde se supone que van a hacerme las fotos, que es un espacio blanco rodeado de focos.

El fotógrafo es un hombre joven, con un aro en la nariz, un lado de la cabeza rapado y el otro largo, un pantalón vaquero corto y unos calcetines deportivos subidos hasta la rodilla, *pa* morirse, vamos.

Susana hace las presentaciones.

—Jean Luc, esta es Rebecca, acaba con ella.

Pero... ¿será posible?

—*Pog* supuesto que lo *hagué*, voy a *expgimigla* del *toto*.

¿Que me va a exprimir el toto? Pero ¿este tío de qué va?

Si es que estoy buenísima, todo el mundo quiere sexo conmigo...

Estoy a punto de decirle que se corte un poco cuando unas manos estiran de mí y me plantan delante de las cámaras y el tío empieza a gritar:

—*Songuíe paga* mí, dámelo *toto Guebecca, demuestga* que amas tu *cuegpo*, dame tu *cogazón*. —Y gilipolladas varias.

Vale, es francés, no quiere exprimirme el toto, quiere exprimirme del todo.

Yo me aturullo y no tengo ni idea de lo que está hablando, así que recurro a la pose que está de moda. Hago un corazón con las manos y pongo morritos.

El fotógrafo para en seco.

—¿Qué coño estás *hasiendo*? ¿Cuántos años tienes?, *¿trguese?*

Madre mía, qué vergüenza, ¿qué le digo?

—He pensado que si se trata de dar la imagen de persona real, debería poner una pose real, de las que ponemos las personas de la calle... ¿no?

El estudio se paraliza, se hace el silencio, parece ser que a Jean Luc no se le contesta.

Miro a Susana y la veo tensa.

—¡*Pegfegto!* ¡*Magavillosa* idea! ¡Más, dame más!

Y me tiro dos horas haciendo las poses que mi hija Uma hace para colgar sus fotos en Instagram.

La sesión resulta ser un éxito y de lo más divertida. Me siento una estrella, me siento una persona admirada y respetada en la profesión.

Todos me quieren y yo quiero a todo el mundo. Si no fuera porque el pesado de Victorius se ha tirado toda la sesión mirándome y mojándose los labios, habría sido un día perfecto.

Todos me felicitan y me besan en la boca.

Soy chic, soy tan chic que esta noche voy a llevar a mis amigas a cenar a un japonés para celebrar mi éxito. Está claro que antes tengo que encontrar a mi padre y hablar con mi madre, pero me siento tan bien que estoy segura de que nada va a enturbiar mi alegría.

Susana está exultante y de buen humor, así que voy a aprovechar y preguntarle una cosita que lleva rondándome todo el día.

—Susana, ¿qué tal?, ¿lo he hecho bien?

—Has estado perfecta, Rebecca, estoy muy orgullosa y muy contenta por haber confiado en ti.

Vale, es la respuesta perfecta, así que disparo.

—Joder, Susana, no sabes cómo me alegro, ¿puedo aprovechar mi éxito para pedirte un favor?

Me mira sorprendida y contesta.

—Tengo pareja, Rebecca, no puedo hacerte ningún favor. —Las dos nos reímos—. Claro que puedes pedírmelo.

—¿Podrías organizar algo para que pudiera volver al gimnasio como una diva?

Me mira interesada y divertida.

—¿Qué te propones? —pregunta.

—Escucha, ¿conoces a Carla Vival?

Entrecierra los ojos y piensa.

—Carla Vival... ¿Una morena con un culo desproporcionado?

—Exacto, esa misma.

Dos horas después me voy con la cabeza llena de venganza y risas.

20

Cuando llego a casa, mi padre está esperando en el porche.

Tiene el semblante triste y los ojos rojos.

—¿Qué pasa, papá? Cuéntame cómo fue. —Directa al grano.

EXPLICACIÓN DE PAPÁ

Llegué media hora antes. Tu madre ya estaba allí. Como está medio cegata, no me reconoció a primera vista, pero conforme fui acercándome se dio cuenta de quién era yo. Estaba guapísima, vestida como Audrey Hepburn en De-sayuno con diamantes.

Me miró directamente con esos ojos suyos verdes y yo creí desfallecer. Por un momento pensé que todo iba a salir bien, que iba a besarme y que íbamos a volver a ser tal como éramos.

Pero qué va.

Me acerqué y le dije:

—Hola, Chica Cincuentañera.

Ella no entendía nada y yo le expliqué todo, se puso

como loca, se sintió estafada y engañada, le expliqué que yo al principio no sabía nada, que me di cuenta tarde, cuando ya estaba locamente enamorado de ella. No sirvió de nada, me echó en cara que no se lo dijera entonces, se enfadó contigo también, intenté besarla, me dio una bofetada y me dijo que me daría una infusión de hierbas para viejos verdes, mentirosos y aprovechados.

Y se fue.

Pasé la noche en el coche.

Ayúdame, Rebecca.

Mi vida sin ella no tiene ningún sentido.

¡Ea! Ya me toca comerme otro marrón que no me pertenece, mi madre enfadada conmigo y mi padre medio depre por amor, ¡joder, si es que me crecen los enanos!

—Tranquilo, papi, dale tiempo, entiende que para ella todo esto ha sido impactante. Cuando se relaje y se dé cuenta de que nadie ha tenido la culpa y de lo mucho que te quiere, todo se va a arreglar. Y en cuanto a su enfado conmigo, nada, se le pasará enseguida..., ¿verdad, papá? Dime que se le pasará... Mi vida sin ella no tiene sentido...

Le abrazo y nos consolamos mutuamente.

Entrada la tarde, después de llamar a las chicas para invitarlas a cenar y de quedar para mañana, porque resulta que hoy ninguna puede, llamo a mi madre. Aprovecho que los niños se han ido a pescar con mi padre.

—Hola. —Más seca que la mojama.

—Hola, mami.

—Dime.

—¿No quieres hablar o qué?

—Sí, sí, dime.

—¿Cómo estás? —insisto.

—¿Cómo estarías tú si te enteraras de que tu propia hija ha hablado a tus espaldas con tu ex marido y no te ha dicho nada?

Me lo pone a huevo.

—Supongo que igual que si tú te enteraras de que tu propia madre habla con tu ex marido sin decirte nada.

Silencio.

—No es lo mismo, hija. —Ya está suavizando el tono.

Soy una maravilla dándole la vuelta a la tortilla.

—Ah, ¿no? ¿Y en qué se diferencia? —le contesto.

—Pues mira, para empezar, Diego es como un hijo mío, así que además de ser tu ex marido es mi hijo o algo así. Y para continuar no te lo dije para que no te volvieras loca, le llamaras y le dijeras una burrada de la que después seguro que te arrepentirías.

—Mamá, lo mismo me pasa a mí, no solo es tu ex marido, sino que además también es mi padre. Consideré que no debía meterme y no te dije nada para que no echaras a perder esta oportunidad que la vida os está dando otra vez.

—Si sonaran violines ahora sería increíble, qué don de palabra tengo, qué talento...

—Ay, hija, tienes razón, es que estoy en *shock*, ni te imaginas la impresión que me llevé, esperando a Mortadelo y aparece tu padre, tan guapo como siempre. Y empiezo a pensar en todas las cosas que le he contado sin saber que era él y pienso que tú lo sabías y no me habías dicho nada, y claro, me enfado; pero ya se me ha pasado, hija, ya pasó. Hoy todo vuelve a la normalidad. Ya no me meto más a ligar por internet, eso te lo juro yo por mis nietos, no, no, por supuesto que no. ¡Ay, es que parece mentira que me ponga a ligar con un hombre y que resulte ser tu padre!

—¿Y qué vas a hacer con papá? —le pregunto.

—Absolutamente nada, no quiero saber nada, es que ni me lo nombres. No, hija, no, ya he pasado por esto y nunca más, un hombre que nunca me ha demostrado nada. Un hombre al que le gustan más las mujeres a que a un tonto un lápiz; ay, no, nada, no me hables, por favor.

—Está en casa conmigo y está totalmente destruido.

—¡Que no quiero saber nada! Ah, ¿sí? ¿Destruido? ¿Qué te ha dicho?

Si es que la conozco...

—Está triste, mamá, qué va a decir, que te quiere, que eres maravillosa y todo eso. Pero si no quieres saber nada, me callo, no te cuento nada más.

—No, hija, cuenta, cuenta...

Después de haber estado una hora colgadas al teléfono, creo que algo hemos avanzado y hay posibilidades de que vuelvan a verse, por lo menos, para hablar. Cuando se lo cuento a papá, se pone como loco y está tan contento que decide hacernos otro manjar cubano para cenar.

Me siento en el porche en una de mis estupendas sillas de mimbre con *Lola* a mis pies mientras papá y los niños cocinan, el sol se está escondiendo y la imagen es maravillosa.

A lo lejos veo a alguien que se acerca corriendo, va vestido de negro y lleva una capucha.

¿Quién coño es? ¡Ay, madre, un puto asesino en serie! Es alguien obsesionado con mi belleza y con mi fama, sabía que esto iba a pasar, sabía que al hacerme famosa y con la mala suerte que tengo entre mis seguidores habría algún fan que querría acabar conmigo con una pistola, como hicieron con John Lennon.

Lola se va directa hacia el asesino sin ni siquiera ladrar, seguro que para sorprenderlo... ¡Ay, perra fiel, morirá para defender a su ama!

Me levanto y llamo a mi padre a gritos.

—¡Papá! ¡Papááá! ¡Llama a la policía, esconde a los niños, date prisa!

Mi padre sale con los niños.

—¿Qué pasa, hija? —Lleva un delantal con una flamenca dibujada, muy apropiado para enfrentarse con un asesino—. ¿Esa que viene corriendo no es Andy?

Ostras, sí, qué cegata estoy, por Dios... Va acercándose con *Lola* trotando alegremente a su lado. ¿Por qué tengo que estar así de loca?

—Déjame sentar, que estoy reventada —dice cuando llega al porche—, vengo desde casa corriendo y se me va a salir la patata por la boca, quita, quita. —Me retira para poder sentarse.

—¿Has corrido treinta kilómetros de un tirón? —le pregunto asombrada.

—Sí, nena, en cuatro horas, dieciséis minutos y ocho segundos. —Dice todo esto mientras mira un reloj feo que parece ser que le da todos esos datos.

—¿Por qué? —vuelvo a preguntarle.

—¿Por qué? Porque me gusta —me contesta.

Yo sigo asombrada y me consuela pensar que mi amiga está más loca que yo.

Después de que Andy y papá se hayan puesto al día, de

ciento cincuenta besos a los niños y de que estos se retiren para seguir con la cena, Andy y yo nos sentamos con dos copas de vino.

Como todavía no me lo creo le vuelvo a preguntar:

—¿De verdad has corrido treinta kilómetros?

—Sí.

—Pero ¿por qué?

—Porque sí.

—¿Te quedas a cenar?

—Claro, deja que llame a Carlos.

Llama a Carlos.

—Me ha sabido mal decirte antes que no podía quedar, la verdad es que me estoy preparando para un maratón y hoy había quedado para entrenar, pero al final he pensado que podría venir perfectamente hasta aquí corriendo y así mataba dos pájaros de un tiro. He entrenado y ceno con mi amiga, ¿qué te parece?

Qué buena amiga es, si supiera que la he puesto verde cuando me ha dicho que tenía planes...

—Me parece perfecto, tengo que contarte mi sesión de fotos.

—Cuéntamelo todo.

Qué buena amiga es, si supiera que me alegro de que esté más loca que yo...

Cuando me dispongo a contárselo, vemos las luces de un coche que se acercan.

Lo primero que he pensado es que eran unos secuestradores, pero luego me he acordado que no veo bien y que estoy loca y he esperado antes de pegar un grito.

Es el coche de Janet.

Se baja.

—Hola, amigas, tengo algo que contaros.

Yo alucino, otra que me había dicho que no podía venir, porque había quedado con Javi para cenar.

—Pero ¿tú no habías quedado para cenar? —le pregunto.

—Ya he cenado.

—¡Pero si son las ocho! —dice Andy.

—¿Y qué? Ceno a la hora que me sale del toto, ¿pasa algo?

Qué borde es, por Dios.

—Pues peor para ti, mi padre está cocinando un manjar cubano, Andy se queda —le contesto.

—¿Tu padre está cocinando? ¿Cómo le fue con tu madre? —me pregunta mientras se sienta en el suelo.

—Es largo de contar, pero no muy bien, mi madre lo ha mandado a la mierda.

—Joder, ¿y él cómo está?

—Ahora más tranquilo, he hablado con mamá y hay posibilidades de que hablen de nuevo.

—¡Guay! Voy a saludarlo. —Y entra.

Cuando sale, lleva un vaso de limonada en la mano.

—¿No quieres vino? —le pregunta Andy.

—No, ya no bebo. Estoy embarazada. Eso es lo que quería deciros, tengo una personita dentro de mí. Fuerte, ¿eh?

Andy y yo nos miramos, a mí se me cae la copa, me levanto y le doy un abrazo, Andy se levanta y se une al abrazo.

Janet no lo estaba pasando bien con el mundo niños, llevaba tiempo intentando quedarse embarazada sin suerte, ella nunca hablaba del tema, pero yo la conozco y sé que lo estaba llevando mal. Janet y Javi llevan tres años juntos, tienen una relación intensa y perfecta. Solo les falta el bebé, que, por lo que parece, ya está por llegar y que la Guarraquetecagas emigre a Australia.

Nos ponemos a saltar las tres abrazadas, riéndonos como locas cuando alguien nos pregunta:

—¿Qué coño hacéis?

La Eche y Manu.

Qué amigos más maravillosos tengo, han venido todos porque me adoran.

Al final se quedan todos a cenar. Mi padre está encantado y lleva toda la cena alardeando de su comida y haciéndole ojitos a Susana. No cambiará nunca este hombre...

Todos hablan a la vez: mi padre, Manu, Andy, los niños y Janet. Susana está pensativa y me da la sensación de que quiere decirme algo, pero no lo hace.

¿Habrá pasado algo en la sesión? ¿Quizá no le ha gustado? Ay, madre..., ¿a que me despide?

—Susana, ¿estás bien? —le pregunto.

—Qué pregunta, Rebecca, está estupenda, ¿no la ves? —dice Varón Dandy.

—Por favor, papá, se supone que estás enamorado de mamá y reconquistándola; además, Susana es lesbiana.

—¡Ex lesbiana! —grita Manu—. Deja a tu padre tranquilo, que no está haciendo nada malo. Mi mujer es muy atractiva, es normal que le guste. ¿Qué te pasa, cari? —le pregunta a Susana.

—¿«Mi mujer»? Pero ¿tú no eras maricón? —dice mi padre.

—¡Ex maricón! —dice Susana—. Y no me pasa nada, no

me encuentro muy bien, llevo todo el día trabajando, estoy agotada, solo es eso.

—¡Ay, cuchi! Cuando lleguemos a casa te voy a hacer un masaje relajante, verás que te vas a quedar como nueva.

—Todo lo arreglas con un masaje relajante... ¡Cómo se nota que tú no trabajas!

Desde que son pareja, Manu no trabaja; bueno, sí que trabaja: es ama de casa.

—¿Que no trabajo? Por favor, parece mentira que me estés diciendo esto, superviso todo: la limpieza, la alimentación, tu vestuario, tu agenda, ¡todo! ¡Además, fuiste tú quien me dijo que dejara el gimnasio, que necesitabas un asistente! Qué injusto, qué injusto... —Y se pone a llorar como una doncella doliente.

—¡No quiero una chacha! ¡Quiero una pareja que me mime y que se dé cuenta de las cosas que me pasan! Estás más pendiente de que no falte soja en la nevera que de si estoy o no bien —contesta Susana.

—¿Soja? ¿Como la Guarraquetecagas? Qué traición... —oigo decir a Janet.

—Es muy sana —dice Andy.

—En Cuba no hay —dice mi padre.

—¡*Oja, oja quero oja!* —dice Chloé.

—¿Que no me doy cuenta de lo que te pasa? Por favor, eso sí que no, no te lo voy consentir —dice Manu, y esta vez sin llorar—. ¿De qué cojones no me doy cuenta? ¿De qué? ¿De quééééé?

—¡¡¡De que estoy embarazada, por ejemplo!!! —dice la Eche mientras tira un plátano frito al suelo, que *Lola* tarda dos segundos en engullir.

En casa se hace el silencio.

Yo respiro, porque nadie va a despedirme.

Espera un momento... ¿otra embarazada? ¿La Eche? Miro a Manu y está blanco. Miro a Janet y se está zampando un trozo de pan con queso. Miro a Andy que me mira a mí. Mi padre nos mira a todos y los niños están mirándose entre ellos.

—¡Ay, cuchi, qué alegría! ¡Vamos a ser padres! Mi madre no se lo va a creer... —dice Manu.

—Ni la mía —dice Susana.

—Ni la mía —digo yo.

Manu y Susana se abrazan y todos aplaudimos y gritamos de la alegría, somos una gran familia que va a llenarse de bebés.

—Propongo un brindis. —Me levanto con la copa en la mano—. ¡Por un día de buenas noticias!

Todos levantan sus copas y entonces Uma dice:

—Yo también tengo algo que decir.

¿Uma? No estará embarazada, ¿no? ¡No, por supuesto que no, solo tiene nueve años!

—Mamá, me he enamorado.

—¿Que te has qué?

—La puerta estaba abierta...

Todos nos giramos hacia la voz que viene de la entrada.

En el comedor acaba de aparecer un hombre, guapo, guapísimo, que nos mira a todos y sonríe con una sonrisa torcida que siempre me ha vuelto loca.

Diego.

21

Se han ido todos.

Todos menos Diego.

Todos menos Diego y mi padre.

Los niños están durmiendo ya y nosotros estamos en el jardín trasero tomando café.

Diego ha venido directamente desde el aeropuerto, yo supongo que no podía aguantar más sin estar con sus hijos, pero, en el fondo fondo, pienso que quizá también ha venido por mí.

Mi padre no para de hablar y yo le hago gestos continuamente para que se vaya y nos deje solos, pero parece que no se da cuenta.

Dos cafés y un habano más tarde, por fin se levanta y se despide.

—Bueno, Diego, ha sido un verdadero placer verte, tenemos que quedar para que me cocines uno de esos platos tan maravillosos que has aprendido a hacer —le dice.

—Igualmente, Marcos, me alegra de que estés aquí.

Mi padre se marcha y cuando está en la puerta, detrás de Diego, se acerca las manos a la boca y hace como que se está enrollando con alguien... ¿Será posible? ¿Cuántos años tiene? ¿Doce? Me aguanto la risa e intento no mirarlo, mientras con la mano le hago gestos para que se vaya.

Vale, ya estamos solos. La noche está preciosa, la luna brilla, no hay ni una nube y se ven miles de estrellas, el rumor de las olas se oye a lo lejos. Diego me mira y yo creo desfallecer, me parece que voy a tener una noche de sexo desenfrenado reconciliatorio.

Diego vuelve a mirarme, lo conozco, tiene algo que decirme y no se atreve.

Bien, bravo, tengo una casa blanca en un acantilado, soy una supermodelo (o estoy de camino), voy a volver con mi marido y lo mejor de todo... ¡voy a echar un polvo!

—Supongo que sabes por qué estoy aquí —dice casi susurrando.

¡Por supuesto que lo sé!

—Ajá —le contesto mientras me meto un mechón de pelo en la boca, todo muy sexi.

—Si lo prefieres o te pillo mal, puedo venir a buscarlo mañana.

¿Eing? ¿El qué? ¿El polvo?

—¿Perdona? —Me atraganto con el mechón y se entiende «pegona».

Diego sonríe y me retira el pelo de la boca.

—El coche, Rebecca, que si prefieres me lo llevo mañana.

¡Me cago en todo! ¿Se puede ser más patética que yo?

—No, por supuesto, llévatelo, es tuyo —le digo esto por no cagarme en toda su generación.

—Vale, si te parece bien, llevaré a los niños al colegio. ¿A qué hora quieres que esté aquí?

Ohhh, qué majo... ¿ahora vas de superpadre? ¿Cuando llevas meses en paraísos árabes sin acordarte de ellos? Venga, por favor...

—Los he echado tantos de menos... —me dice el falso—. Estaré aquí a las ocho, ¿sí?

—Sí, a las ocho va bien. De hecho, me va perfecto, tengo que estar en el estudio para ver las primeras muestras de la sesión de hoy, así que... ¡genial!

—Bien, entonces me voy ya, que es tarde; voy al baño un momento, si no te importa. —Se levanta y me deja sola con unas ganas de llorar tremendas.

Espera un momento... ¿Cómo sabe dónde está el baño? Habrá ido antes, durante la cena..., no sé..., ¿qué más da?

—Bueno, ya está. Mañana nos vemos, gracias por todo, por la cena y por cuidar tan bien de los niños. —Me mira fijamente—. Adiós. —Pero no se va.

Quiere algo, lo noto...

—Bueno... —vuelve a decir.

—Bueno... —digo yo.

—Pues nada —dice.

—Pues nada —digo.

Me va a besar, lo sé.

Me acerco a él, casi rozando su nariz con la mía.

—¿Me das las llaves del coche?

—¿Eh? Sí, claro.

Y se va.

Me levanto a las seis de la mañana, quiero estar perfecta y guapísima para cuando Diego llegue.

Si una cosa he aprendido desde que soy una top model es a arreglarme y maquillarme.

No quiero que se note mucho, así que tampoco me voy a pasar.

Me ducho.

Me exfolio el cuerpo.

Me pongo mascarilla en el pelo.

Me hidrato.

Me seco el pelo.

Me pongo en la cara una ampolla de belleza instantánea.

Me visto.

Vestido negro de tirantes, poncho de ganchillo negro y taconazos.

Me lo quito.

Me vuelvo a vestir.

Vestido veraniego de flores y sandalias de tacón.

Me lo quito.

Me vuelvo a vestir.

Falda de tubo blanca y negra, camiseta negra de Nirvana y sandalias de tacón.

Me maquillo.

Eye liner negro y labios rojos.

¡Perfecta!

Despierto a los niños y les hago el desayuno, no dejan de mirarme, les extraña que ese pivón que hace Cola Caos sea su madre y se preguntan dónde está la loca de pelo despeinado y pijama desconjuntado que les hace el desayuno normalmente.

Mi padre se levanta y se va a correr; no, a correr, no, a hacer *footing*, porque mi padre también es *runner*. Se nota que ayer por la noche estuvo Andy en casa.

Son las ocho en punto cuando llega Diego.

Huele a él.

Lleva una camiseta blanca con rayas azul marino y un vaquero azul gastado que quiero arrancarle a bocados.

—Qué guapa estás, Rebecca.

—Tú también —le contesto.

—¿Están los niños listos? —pregunta.

—Sí, están acabando de lavarse los dientes.

Justo cuando creo que va a decir algo vienen los niños con sus generosas muestras de amor paterno.

—Bueno, pues nos vamos, ¿quieres que te deje en algún sitio?

—No, no te preocupes, bajaré andando a la estación, me vendrá bien un poco de aire —le contesto.

—No llegarás nunca con esos tacones, anda, vente, que te acerco —responde Diego.

—Que no, de verdad, quiero pasear. —En mi interior hay una voz gritando «¡Insiste!», porque si no lo hago, el pateo que voy a pegarme es descomunal.

—Vale, como quieras —me dice.

Mierda.

Los veo partir y me muero de rabia, dolor y alegría por partes iguales.

El paseo es horrible, hace un calor sofocante, se me pegan los muslos y las sandalias me hacen daño. Media hora me tiro caminando antes de llegar a la estación. Pienso en Rosa, que hacía este mismo camino dos veces todos los días y no entiendo de dónde sacaba las fuerzas. Era maravillosa, era una supermujer a la que echo de menos.

Llego al estudio, donde me espera el equipo de Susana, después de la sesión de ayer parece que ya soy de la familia, porque todos me saludan con besos en los labios.

Susana está radiante de felicidad, supongo que fue ella quien disfrutó anoche de un polvo reconciliatorio. Está embarazada, qué fuerte, y Janet también; madre mía cómo cambian las cosas de un día para otro.

Susana está sentada con Rita, Gina y Stephan en una mesa gigante y con cientos de fotos extendidas.

Me acerco y veo que las fotos son de una preciosidad pelirroja, pasada de kilos y con un cuerpazo de matrícula.

La preciosidad pelirroja soy yo. Estoy segura de que me han retocado por todas partes con Photoshop, porque no me reconozco, me encuentro guapísima y mi cuerpo... ay, mi cuerpo... ¡es perfecto en su gordura!

—¿Qué te parecen, Rebi? —me pregunta la Eche.

—Joder, Susana, parece mentira que sea yo, menudo pivón. El problema es que se supone que queríamos darle a esto de la publicidad un toque real, no deberíais haber retocado nada. Ojo, que por mí perfecto, ¿eh? Pero, no sé, me siento como si fuéramos a engañar a la gente...

Stephan me mira sorprendido.

Gina me mira sorprendida.

Rita me mira, simplemente me mira.

Y la Eche se ríe.

—Nadie ha retocado nada, Rebecca, esta eres tú —me dice.

Ahora soy yo la que los mira sorprendida a todos.

¡Esa soy yo!

¡Y soy maravillosa!

Me siento tan bien..., estoy tan orgullosa de mí misma...,

toda la vida sufriendo por adelgazar sin darme cuenta de que era bella tal y como soy. Cuánto tiempo que he perdido dándome pena a mí misma y todos los momentos que no he disfrutado por estar enfadada con el mundo. ¡Qué imbécil! ¡Qué mierda de sociedad que nos hace pensar que si no estamos delgadas no somos bonitas!

—La semana que viene, Rebecca, habrá carteles gigantes con tu imagen por toda España, pasado mañana rodaremos un anuncio y en tres semanas será la presentación en un hotel, estará lleno de gente influyente en el mundo de la moda y la cosmética. Será tu presentación oficial. La tuya y la de la marca.

¡Qué emoción, qué nervios! ¿Qué me pongo? ¿Tres semanas? Ay, madre, eso es ya mismo...

—Muy bien, Susana, ¿y adónde tengo que ir? Porque, verás, no tengo coche... Y otra cosa... ¿qué me pongo?

—Por favor, Rebecca, no seas absurda, quedan tres semanas... Stephan te dará el vestuario. El día de la presentación, por la tarde, te enviaré a alguien a casa para maquillarte y peinarte, y un coche; no te preocupes por nada. Ahora, si no te importa, tengo que seguir trabajando. Nos vemos mañana. —Y me hace un gesto con la mano a modo de despedida.

—¿Tengo que volver mañana? —le pregunto.

—No, mañana pasaré a buscarte porque vamos al gimnasio.

Me voy para casa y de camino, como ya no me siento gorda, me zampo un paquete de Donettes y dos paquetes de regaliz roja. Estoy feliz, estoy pletórica y necesito compartirlo con alguien.

Llamo a mi madre.

Nada.

Llamo a mi padre.

Nada.

Llamo a Janet.

Nada.

Andy.

Nada.

Manu.

Tampoco.

A la Eche, no, que la acabo de ver y no es plan de que le explique que dentro de tres semanas iré a un evento con ella.

Diego.

No, a Diego, no. Diego no forma parte de mi vida ya, no está interesado en mí, solo me quiere porque soy la madre de sus hijos.

Pensar esto me pone triste, así que me impongo a mí misma cambiar de tema.

No puedo.

¿Por qué coño no me quiere?

¿Es que no va a perdonarme nunca?

Tiene a otra, seguro.

Se ha enamorado de una mujer árabe, misteriosa, con los ojos pintados de negro y una mirada que dice: «Devórame.»

Conque esas tenemos, ¿no?

Pues te vas a cagar, muchacho, ahora soy yo la que no quiere nada contigo. Pero, bueno, ¿tú que te has creído?

—Disculpe, ¿sale en la próxima? —me dice una chica en el tren, estoy delante de la puerta y no la dejo salir.

—Sí, salgo en la próxima. —Menos mal que me ha interrumpido el pensamiento, porque estaba totalmente histérica pensando en Diego y en su nueva novia árabe.

Llego a casa chorreando en sudor, en la entrada veo aparcado el coche de mi padre.

—Papá, estoy en casa, me meto en la ducha, ahora te cuento.

Nadie me contesta, supongo que habrá bajado a la playa.

Pongo música a todo volumen y me desnudo.

Entro en el baño bailando y gritando a todo pulmón, y me encuentro en la ducha a mi padre y mi madre haciendo... ¡Joder, qué asco!

—Pero, bueno, ¿qué pasa? ¿Que no tenéis casa o qué? —Estoy indignada—. ¡Vestíos ahora mismo y salid de aquí!

Mi madre se pone roja de la vergüenza y agarra la cortina de la ducha para taparse, mi padre intenta taparse con las manos y al ver que no puede le quita la cortina a mi madre, forcejean y acaban cayéndose los dos al suelo del baño, dejándolo todo empapado. A mi madre le entra la risa nerviosa que contagia a mi padre y este a mí.

Estamos sentados los tres juntos en el jardín, hablando, les cuento lo de mi trabajo y ellos a mí lo de su... reconciliación.

Resulta que mi padre a primera hora de la mañana le envió a mi madre un ramo de veintiocho rosas rojas (una por cada año que llevan separados) que le entregó un mexicano cantando «Si tú me dices ven» de Los Panchos. También le escribió una nota pidiéndole un minuto, un solo minuto por toda una eternidad. Palabras textuales.

Y aquí están, como dos adolescentes haciendo manitas

y acostándose en la cama de sus padres (que en este caso es la ducha de su hija).

Se marchan a buscar a mis hijos, para explicarles que están juntos y para llevárselos a merendar.

Me quedo en casa sola y decido vaciar algunas cajas que todavía quedan por abrir.

Los niños llegan a las seis, mis padres los dejan en la puerta y no entran, parece ser que el amor les urge...

Uma está enfadada conmigo porque no he hecho el pago de la excursión al lago de Bañolas que tiene mañana, dice que no cree que la dejen ir.

Llamo al colegio, le cuento un cuento a la secretaria y me dice que no hay problema, que lo pague mañana.

Me siento bien, soy una madre solucionadora de problemas.

—¿Queréis que vayamos a darnos un baño a la playa? —les pregunto sonriente y esperando saltitos y gemidos de placer.

—Tengo un examen mañana —dice Keanu.

—Es tarde, no quiero coger frío —dice Uma.

—Titos, titos —dice Chloé, que significa que quiere ver dibujitos.

Por más que me empeñe, no puedo ser una madre aventurera e improvisadora: mis hijos son viejecitos de ochenta años metidos en cuerpos pequeños...

Bueno, pues voy a decidir qué me pongo para entrar mañana al gimnasio y que se queden todos alucinados con mi derroche de estilo y belleza.

Susana llamó a Sofí y le dijo que iba a llevar a la nueva estrella de la empresa. Le dijo también que era una persona superinfluyente que estaba revolucionando el sector y que

si me gustaba el *gym* y me hacía socia arrastraría conmigo
un montón de gente. Sofí se derretía. Estoy deseando ver
su cara mañana cuando vea que la nueva estrella soy yo.

Voy a decírselo a Sheila.

Le mando un whats.

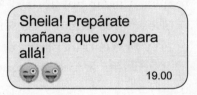

Sheila! Prepárate
mañana que voy para
allá!

19.00

Está en línea y contesta al segundo.

Adónde?

19.00

Al gimnasio, coño!!!

19.00

No jodas! Y eso?
Vuelves a currar?

19.01

Qué va, nena, voy de
invitada, es largo
de contar... te cuento
mañana!

19.01

Y una mierda, ya me
estás llamando.

19.01

La llamo y se lo cuento todo. Nos reímos un montón
pensando en la cara de Sofí, y me informa que, sobre las doce
de la mañana, Carla y su miniyó van al bar a tomarse un

refresco. Me da mil consejos de cómo comportarme y me desea suerte.

A última hora de la noche llama Diego para decirme que mañana recogerá a los peques para llevarlos al cole, charlamos de cómo nos ha ido el día y poco más. Estas conversaciones tan triviales a mí me destrozan y él parece no darse cuenta.

No pego ojo de los nervios, me levanto unas seis veces.

00.30: Me levanto y me como un yogur.

00.50: Me levanto y bebo dos vasos de agua en un intento de ser sana y uno de Coca-Cola para no olvidar que no lo soy.

1.15: Me levanto y me como un dónut.

1.40: Me levanto y hago pis.

2.00: Me levanto y miro a ver si Diego está en línea.

3.00: Me levanto y miro si mis hijos duermen plácidamente, los despierto sin querer y me los meto a los tres en la cama.

22

A las siete ya estamos en pie, he preparado la bolsa del *gym*, pero no he metido nada dentro porque pienso tirarme la mañana en el bar. La bolsa es preciosa y carísima, me la dejó Susana para la mudanza y no pienso devolvérsela, es una Calvin Klein que debe de costar un riñón, verás cuando la vea Sofí.

De ropa he elegido un vestido verde militar largo y vaporoso con una *bomber* de seda floreada en tonos rosa, el conjunto me lo regaló Stephan y es de Versace, lo sacó de un *show room* solo para mí. Susana me dijo que lo cogió porque a todas las modelos les iba grande... Ser gorda tiene sus beneficios.

A las ocho aparece Diego resplandeciente, lleva un pantalón bermuda militar, una camiseta blanca y chanclas. Me lo como con patatas. Es maravilloso, se ofrece a pagar la excursión de Uma y me recuerda que la semana que viene acaba el cole.

Susana llega puntual y marchamos al gimnasio. Detallo, a continuación mi puesta en escena y el desarrollo de la visita, que ha sido la sensación más placentera de toda mi vida... esa y la de un polvo que echamos Diego y yo en una piscina pública... Ahora que lo pienso, eso no es muy normal.., ¿no?, ¿tengo algún tipo de enfermedad de esas que acaban en «filia»? Le preguntaré a Andy...

JORNADA PLACENTERA DE GIMNASIO

En la recepción nos encontramos a la recepcionista que me ha sustituido: la odio, es perfecta para el puesto; es tan perfecta que casi estoy segura de que la engendraron, parieron y criaron en algún tipo de zulo oculto en la sala de pilates.

Se queda mirando boquiabierta a Susana y después a mí.

—Buenos días, Sofí las espera en su despacho —nos dice con su tono de gimnasio.

—No vamos a subir dos plantas, llámela y dígale que baje —contesta la Eche.

—Por supuesto, inmediatamente. —Qué eficiente es la niñata.

La Niñagimnasio entra en la recepción para llamar y yo aprovecho para hablar con Susana.

—¿Has visto qué tono de voz tiene? ¿A que parece voz de gimnasio? —le pregunto.

—Qué chorradas dices, Rebecca. ¿Cómo es una voz de gimnasio? —me contesta.

—Pues, chica, la acabas de oír, la verdad es que no sé si hay tono de gimnasio, pero, desde hoy, lo hay y es exactamente el tono que ha utilizado mi sustituta.

—Estás nerviosa, ¿verdad?

—Mucho, ¿se me nota?

—Hombre, un poco, más que nada porque te estás comiendo un tríptico de horarios.

En ese momento llega Sofí dando grititos.

—¡Susana, amor! ¡Qué alegría verte!

Viene directa hacia nosotras; no me ha reconocido, porque llevo unas gafas de sol a lo Pantoja que me tapan media cara, por eso y porque mi pelo es maravilloso, no el nido de hurracas que llevaba cuando trabajaba aquí. Aun así, cuando me mira, frunce el ceño y me dice:

—Hola, soy Sofí, dueña y gerente de este espacio en el que va a estar usted como en el cielo, tengo la sensación de conocerla, debo de haberla visto en prensa.

Sin saber cómo ni por qué, mi cuerpo se inunda de una seguridad que no he sentido jamás. Lentamente y como una estrella de cine de los cincuenta me quito las gafas, como Rita Hayworth se quitaba el guante.

—Hola, Sofía —sin acento francés... que se joda—, me alegra verte.

No hay dinero en el mundo para pagar la cara que pone Sofí, está blanca y desencajada, no entiende nada, me mira de arriba abajo una y otra vez. Se ha quedado sin habla y de su boca solo sale un balbuceo que no hay Dios que lo entienda.

Susana toma el mando.

—¿Te acuerdas de Rebecca? Pues fíjate a donde ha llegado, nunca te agradeceré lo suficiente la oportunidad que me diste de conocerla y, sobre todo, debo agradecerte que la despidieras, si no fuera por eso, ella no estaría donde está en este momento.

—Ho-ho-hola, Rebecca, ¿tú eres la nueva i-i-imagen de Susana? —me pregunta tartamudeando.

¡Oh, qué placer, qué gustito me corre por todo el cuerpo...!

—¡Eso parece! —le digo con la mejor de mis sonrisas falsas—. ¿Tienes un Kit Vip para mí?

La cara de Sofí va transformándose por momentos..., me mira con rabia y luego mira a Susana, pero al ver el gesto de esta, dice:

—Por supuesto, ahora mismo le digo a Jenny que te lo proporcione.

¡Jenny! No podría llamarse de otra manera...

Sofí desaparece, Jenny desaparece, y Susana y yo no podemos hacer más que reírnos.

—Vamos al bar, hay dos cabronas que quiero que me vean —le digo.

—¿Carla Vival es una de ellas?

—Por supuesto.

Bajamos al bar, para encontrarnos a Sheila desbordada: Carla, Helen y un grupo más de pijas tontas se encuentran allí; qué raro... nunca hay tanto trabajo.

—Vaya, parece que esto está lleno —dice Susana.

—Sí, algo pasa, quizá se ha anulado una clase, todas estas son amigas de Helen y Carla; no sé, quizá se celebra un cumpleaños.

—Qué va, ayer hice alguna que otra llamada... —Y me guiña un ojo.

Susana me cuenta que conoce a Carla porque es hermana de una ex novia de Victorius (tócate los huevos). Resulta que Carla está perdidamente enamorada de él, pero él eligió a la hermana (una gordita simpática que adelgazó y dejó de gustarle). Empiezo a entender el porqué de su actitud conmigo. Me envidia, envidia mis carnes hermosas y lozanas. Susana la conoció en un evento de esos de *celebrities* y le dio pena, porque Carla, con su enorme culo y unas copas de más, le contó toda la historia. Desde ese momento, no dejaba en paz a Susana, intentaba ser su amiga de todas las formas posibles, porque a través de ella podía ver a Victorius. Susana no la soporta, dice que es superficial, caprichosa y muy mentirosa; dice también que es rancia y seca, que no es de fiar y que está vacía, que habla de todos a sus espaldas, que le puede la envidia y que no sabe cómo quitársela de encima. No obstante, cuando le expliqué lo mal que me había tratado, hizo un esfuerzo y la llamó.

—¿Qué le dijiste? ¿Qué coño le dijiste para que esté aquí con todo su séquito? —le pregunto meada de la risa.

—Le dije que hoy vendría acompañada de la estrella de la empresa, que además era la mujer que ocupaba el corazón de Gabriel (Victorius); no sufras, le he dicho que tú pasas, pero que él no acepta un no por respuesta y te tiene acosada. Está claro que está aquí para verte y que se habrá traído a todo su equipo de animadoras para tener apoyo.

—Eres la mejor, te adoro, te quiero y me gustas tanto que haces que me sienta un poco lesbiana.

Entramos, se hace el silencio y nosotras nos sentamos en una mesa justo en medio del bar.

Carla haciendo alarde de no sé qué grita:

—¡Susana, guapa! —Y se levanta acompañada de Helen.

Se dirige a nuestra mesa, pero Sheila se adelanta y ellas se quedan detrás, esperando para poder acercarse a nosotras.

Yo me he vuelto a poner las gafas Pantoja y me he retocado el maquillaje, soy una auténtica diva de la tele.

Le hago señas a Sheila para que no diga mi nombre y la zorra de Carla no me reconozca.

Sheila es lista y lo pilla a la primera.

—Buenos días, ¿qué les pongo? —Muy profesional ella.

—Yo quiero un zumo de naranja natural, gracias —contesto yo.

—Un té con hielo, por favor —dice la Eche.

Sheila me guiña un ojo, se va y detrás de ella aparece Carla.

—Hola, amor —le dice a Susana y le da dos besos.

—Este gimnasio es maravilloso y los productos de primera calidad. Ahora bien, yo no me fiaría mucho de la camarera, ahora que estás a tiempo pide mejor un zumo embotellado. Encantada, soy Carla —me dice.

¿Será zorra, la tía? Lo primero que me dice para confraternizar conmigo es una crítica a Sheila. Qué mala es, por Dios.

Me quito las gafas, la miro directamente a los ojos y le digo:

—Ya nos conocemos, pero te diré mi nombre igualmente ya que durante casi ocho años has estado llamándome «tú» o «chica». Soy Rebecca, Rebecca Vesdecó.

¡ZASCA! Es impresionante cómo su cara empieza a desfigurarse. Encima no ha podido evitarlo y ha soltado un «¡Ahhh!» que ha oído todo el mundo.

Carla mira a Susana, Susana mira a Carla, Helen me mira a mí y yo miro a Sheila, que está meada de la risa en la barra.

—Hola, Carla, ¿qué tal todo? Es estupendo que ya os conozcáis. Siéntate aquí con nosotras, ¿te apetece? —le dice la Eche.

Carla se recompone rápido, la verdad es que es digna de admirar.

—Sí, por supuesto. —Se sienta y le hace un sitio al perrito faldero de Helen—. Rebecca, qué sorpresa, la verdad es que la última persona que me imaginaba como la estrella de Susana eras tú, pero ya ves... este mundo está loco... ¿No opinas lo mismo? —me pregunta con cara de retarme.

—Loco, loco —dice la imbécil de Helen.

Cuando estoy a punto de levantarme, tirarle del pelo y decirle que es una guarra loca, aparece Sheila con las bebidas y me dice:

—Jenny acaba de entrar en el bar con las bolsas de la tintorería en una mano y un Kit Vip en la otra. Me parece que el Kit Vip es para ti, Rebecca. —Y se toca las bragas.

¿Tintorería? ¿Bragas?

Miro para la zona de relax, que no es más que un espacio con tres butacones, y veo a Jenny dirigiéndose hacia nosotras y a Sofí delante de ella.

Carla no deja de mirarme y me está poniendo muy nerviosa.

Llegan Jenny y Sofí.

—Rebecca, aquí tienes tus toallas —me anuncia Sofí, y le arrebata el kit a la niñata.

—Oh, muy amable. —Le cojo el kit.

—Carla, ¿tienes un momento? —dice Sofí.

—No, Sofí, ahora mismo, no, estoy tomando algo con mi amiga Susana y con Rebecca. Te acuerdas de Rebecca, ¿verdad? Haz el favor de volver a tus quehaceres, ya te llamaré.

A Sofí le está saliendo un eccema en la cara de los nervios. Carla la ha humillado y encima lo ha hecho delante de Susana y de mí. Que se joda, se lo merece.

—Sofía, por lo que veo, no has cambiado de tintorería: las toallas huelen a chanfaina. —Es mentira, pero tengo unas terribles ganas de venganza, quiero decirle a todo el mundo lo malas que son esas dos zorras—. Jenny, guapita, déjame que busque otra toalla que no me engorde con solo olerla.

Le cojo la bolsa de la tintorería, todo el mundo mira, empiezo a sacar toallas y a olerlas, para luego desecharlas. Cuando se acaban las toallas, empiezo con la ropa de Sofí hasta que llego a sus bragas, que son tan enormes y feas que me quedo paralizada. Saco unas y las extiendo.

—¿Y esto? Ostras, Sofía... ¿esto es tuyo? —le digo mientras intento contener la risa.

Sofí está petrificada y roja de la rabia, creo que va a lanzarse sobre mí y darme un puñetazo.

—Por supuesto que no, son de esta, que las utiliza para ocultar ese enorme y deforme culo que tiene. —Me las quita de la mano y se las lanza a Carla.

Se hace el silencio.

Carla se levanta.

Helen se levanta.

Sofí se sienta.

Carla la levanta del pelo y se lía una gorda, gorda, gorda.

Cinco minutos después y cansada de ver tirones de pelos y oír insultos de toda clase, me levanto y digo:

—Susana, creo que no voy a hacerme socia, y me parece que tú deberías borrarte. ¿Nos vamos?

Susana se levanta, me coge del brazo y nos vamos dando saltitos como dos colegialas.

—Esperad —grita Sheila—, yo también me borro, o me despido, estoy harta de este sitio.

Se une a nosotras y nos marchamos las tres.

En el suelo quedan Sofí, Carla y Helen mirándonos desencajadas.

Después de mi improvisada venganza en el gimnasio empecé a creer que por fin tenía un Ángel de la Guarda: las cosas me estaban yendo realmente bien.

Mi imagen estaba por toda la ciudad y todo el mundo me conocía por la calle. De la noche a la mañana pasé de tener 160 seguidores en Instagram a 119 K, que no sé muy bien lo que significa, pero Keanu dice que es impresionante.

A pesar de que con Diego no avanzaba, me sentía feliz, lo veía muy a menudo ahora que los niños tenían vacaciones, pasaba por casa y se quedaba a comer, a cenar o nos íbamos todos a la playa.

Me tomé la semana libre antes de la presentación por órdenes expresas de Susana: me estaba haciendo muy famosa y ella opinaba que no debía dejarme ver mucho, para que la presentación fuera espectacular, así que esa semana me quedé en casa con mis hijos, ejerciendo de supermadre. Los niños estaban encantados, Uma volvió a tener nueve años y yo estaba loca de contenta, aunque debo reconocer que echaba de menos sus consejos sobre nutrición.

Y por fin hoy es el día.

Hoy es mi presentación oficial.

El evento ha salido en toda la prensa.

Y estoy *atacá*.

Me tiro todo el día tirada en el sofá y comiendo todo tipo de cosas:

- Nueces
- Dónuts
- Rábanos
- Yogures
- Galletas
- Queso
- Fuet
- Tres bolsas de pipas.

A las siete de la tarde llegan Sasha y Stephan.

El vestido que voy a ponerme es increíble, es de Versace, y Stephan me dice que es un préstamo, que si lo rompo lo pago. Es rojo, de manga larga y estrecho, por debajo de la rodilla, y en la parte de atrás hay una cremallera dorada de arriba abajo. Zapatos de color azul eléctrico de tacón y bolso de mano a conjunto. Espectacular.

Sasha me maquilla los ojos muy negros y los labios azules.

Me quejo y me mandan callar.

Llegamos al hotel donde se celebra el evento, un pedazo de hotel donde suelen alojarse las *celebrities*.

Conozco a todo el mundo, pero nadie me conoce a mí. He quedado con Susana en el *photocall*.

Me siento observada, porque todos me miran, estoy deseando encontrar a Susana.

La veo y me dirijo a ella, está rodeada de famosos y

charlando animadamente, con su melena negra brillante cayéndole en cascada por los hombros. Está guapísima... qué bien le sienta el embarazo a la jodida...

Cuando me ve, me da dos besos de esos donde los labios no tocan mejilla y suenan «pus, pus», todo muy pijo, y se dedica a presentarme a todo el mundo.

Una hora después todos saben que soy la nueva imagen de Living, que es como se llama la nueva marca de la Eche; me han hecho miles de fotos ¡e incluso una entrevista!

He conocido a la actriz de *Palomas* (la telenovela del mediodía) y al presentador de *Cámbiate*, a un montón de colaboradores de programas del corazón y a muchas personas dedicadas a la moda que no sé quiénes son, pero por lo que parece son muy influyentes. Todos muy majos y muy simpáticos, yo que pensaba que los famosos estaban amargados...

Me he tirado toda la noche haciendo fotos con el móvil sin que nadie se diera cuenta y las he estado enviando por WhatsApp a Janet y a Andy, y están locas de la envidia.

Susana se acerca.

—Cariño, me voy a casa, estoy agotada. Has estado impresionante y estás guapísima. Mañana vas a salir en toda la prensa y en todos los canales de televisión. Raúl me lleva a casa y pasa a recogerte, ¿sí? —Me da un beso en la mejilla y se va.

En los siguientes veinte minutos...

Mientras espero a Raúl (el chófer) que ha de llevarme a casa, me dirijo al bufet, a por una copa y algo de picar. Cuando llego veo una bandeja de jamón ibérico que tiene una pinta buenísima y desprende un olor maravilloso. Cojo una servilleta y un platito que, en cuanto acabe de usarlo, me lo llevo para casa, porque es precioso.

Voy a por el jamón, estoy a punto de coger unas lonchas cuando unas manos acaparan toda la bandeja y directamente se la llevan. Sigo a la persona y veo que es una mujer, pequeñita y con muy buena figura, lleva un vestido floreado, largo y vaporoso, y un sombrero vaquero. La chica se pone en una esquina del salón, apartada de la multitud, con la bandeja medio escondida, mira de un lado a otro y, cuando está segura de que nadie la ve (nadie menos yo), se mete en la boca por lo menos doce lonchas.

Me quedo blanca. La muchacha se va a ahogar. Hay que estar muy loca o tener mucha hambre para hacer lo que está haciendo. Le voy a hacer una foto, porque me parece muy cómico que una chica tan mona, con tanto *glamour* y que está en un evento tan importante de la moda esté comiendo jamón a dos carrillos, vigilando que nadie la vea...

Vale, le hago la foto.

La mando por WhatsApp a Janet y a Andy.

> Flipad con esta, se está poniendo morada de jamón.
> 😂😂😂😂　　　　00.36

Adjunto la foto.

Andy se ríe.

> Jajajajajajajajaja jajajajajajajá　　00.36

Janet se pone histérica.

 00.37

ES LA GUARRAQUETECAGAS!
00.37

Todavía estoy flipando sin saber qué decir y mirando a la Guarraquetecagas devorajamón, cuando noto un mordisco en el culo.

Me giro.

Victorius.

El imbécil me está mirando con la sonrisa ladeada y mordiéndose el labio.

Se acerca y me besa.

Se acabó, no lo aguanto más.

Le pego una bofetada tan fuerte que se cae encima de la mesa del bufet y la rompe.

Entonces de la nada aparecen por lo menos ocho fotógrafos que inmortalizan el momento.

Susana tenía razón: salí en toda la prensa y en todos los canales de televisión.

Fue un bombazo.

«Living da una bofetada a la perfección»: este fue el titular que más vendió.

Las fotos eran de lo más humillantes para mí, se me veía en pleno apogeo de rabia dándole en la cara a Victorius.

Alguien nos había grabado con un teléfono y el vídeo se hizo viral. Me convertí en un fenómeno de masas, en un referente para la Belleza Real (es como se bautizó el movimiento de miles de personas con defectos pero bellas).

Susana estaba loca de alegría, todo el mundo hablaba de mí y gracias a eso se triplicaron las ventas.

Janet destapó a la Guarraquetecagas, colgó la foto en todas las redes sociales. Esta se defendió diciendo que era un montaje. Nadie le hizo caso, perdió seguidores, casi todos. La última noticia que se supo de ella fue que estaba en un pueblecito de Asturias y que había montado un santuario para ovejas. Gracias a eso, Janet era feliz, estaba completamente entregada a su embarazo. En septiembre nacerá su hija; Alma, así es como va a llamarse.

Mis padres se enamoraron, salieron juntos y volvieron a romper.

Mi madre habla con tres hombres a la vez y es feliz.

Mi padre se ha liado con una rusa, pero sigue tirándole los tejos a mamá.

Andy y Carlos han montado una asociación de *runners* y se están preparando para dar la vuelta a España corriendo.

Manu y Susana se casan el mes que viene. Enzo, su hijo, también nacerá en septiembre.

Carla Vival se engordó, pero Victorius no le hace caso.

Helen, por solidaridad, se engordó también (Susana piensa que está enamorada de Carla hasta las trancas).

Sheila trabaja en McDonald's, pasó de Hamburguesas a Patatas en dos días, ahora es *territorial manager*.

Victorius gritó a los cuatro vientos su amor por mí y fue un incomprendido durante algunos meses. Ahora es asesor del amor en *Mujeres y hombres y viceversa*.

Y yo...

El mismo día en que en los titulares de las revistas salió

mi foto dándole un guantazo a Victorius, Diego apareció en casa con una rosa y un mexicano cantando «Si tú me dices ven» de Los Panchos.

Tuvo la desfachatez de decirme que no había sido idea de mi padre.

Somos felices y por fin ha superado la mamada.

Uma parece que ha vuelto a tener nueve años (o por lo menos me gusta pensarlo).

Keanu tuvo su cita con Zoe, pero no llegó a nada. Después de Zoe vino Nerea, y luego Claudia. Ahora está con Alba. Ha salido a su abuelo.

Chloé crece y crece, muy rápido.

He plantado un rosal que da las rosas más bonitas que he visto nunca, todas y cada una de ellas son para Rosa, a la que añoro todos los días.

Bailo bajo la lluvia descalza, nado desnuda en el mar y hago el amor al aire libre.

Por lo demás, mi vida sigue igual y yo sigo siendo la misma, insegura, caótica e histérica. La diferencia es que ahora visto de Prada y que mi Zasca de Vida me parece maravillosa.

De todas maneras, quiero que sepáis que acabo igual que empiezo...

—¡¡¡Keanu, si vuelves a contestarme, te quedas sin PlayStation!!!

FIN

Querida Rebecca:

Te escribo desde la que ahora es tu casa, sentada en el porche delantero, en una de esas sillas de mimbre blanco.

Miro al horizonte y el sol se está escondiendo, oigo el susurro del mar y veo cómo el viento besa los pétalos de las amapolas. Pienso que ojalá, cuando estés aquí, disfrutes de estos momentos que han estado conmigo durante más de treinta años. ¿Sabrás hacerlo, Rebecca?

¿Te has parado a pensar alguna vez en lo especial que eres?

¿Te has parado a pensar por qué la gente te quiere tanto? ¿Por qué yo te quiero tanto?

No voy a darte la respuesta, eso lo tendrás que averiguar tú sola. ¿Lo harás?

Me he pasado la vida anhelando, refunfuñando y quejándome de todo; ahora que estoy a punto de marchar, miro a mi alrededor y veo todas esas cosas que me han acompañado siempre, sensaciones que he tenido durante todos estos años y que no veía, porque estaba demasiado ocupada fijándome en lo malo, en lo absurdo, y no sabes cómo me arrepiento.

Esta tarde estoy nostálgica.

Esta tarde pienso en todas las cosas que no he hecho, por miedo, por vergüenza, por pereza, por «ya lo haré»...

Esta tarde pienso en ti y en lo mucho que deseo que te mires, que te veas, que te encuentres...

No quiero llantos, aunque si estás leyendo esto significa que te estás tomando mi botella de Rioja.

Me voy, Rebecca, y estoy asustada, tengo miedo al dolor, a que nadie me recuerde, a que nadie piense en mí.

Pero no, sé que tú lo harás.

Cuida mi casa, Rebecca, que ahora es tuya.

Vive.

Deja que los niños pinten las paredes y que ensucien el sofá.

Haz el amor en el porche o debajo del pino grande del jardín trasero.

Ríete.

Llora.

Enfádate y reconcíliate mil veces si hace falta.

Deja que Diego te cuide y cuida de él, me ha ayudado mucho con el papeleo para que pudieras heredar. Es un buen hombre y te quiere mucho.

Deja el trabajo, Rebecca, busca uno que te guste.

Planta un rosal.

Báñate desnuda en el mar.

Baila bajo la lluvia y si puede ser descalza.

Quiérete porque eres maravillosa.

Disfruta de los niños, crecen rápido y luego los echarás de menos.

Sé feliz.

¿Lo harás por mí?

Me voy, Rebecca, y espero irme al cielo en tren y encon-

trarme en él a una compañera de viaje que sea especial, como tú eres.

    No dejes nunca de ser de oro, porque lo eres.

    Te quiero.

ROSA

Tres años después...

¿Cómo estará Rebecca dentro de tres años? Quizá dentro de tres años lo sepamos, supongo que querrá contárnoslo, pero ahora no, ahora soy yo la que tiene algo que deciros.

¿Que quién soy yo?

Soy Bárbara Alves, la persona que ha estado contigo desde el principio de este libro.

Te explico: además de ser una cuentista, soy una devoradora de libros. Me encantan, me apasionan, y mi vida no sería la misma sin ellos.

Siempre que termino de leer la palabra FIN de una novela, me detengo en los «Agradecimientos» (creo que pocas personas los leen) y quiero... quiero, no, necesito que conozcas a las personas a las que les debo todo esto.

La única manera que tengo de que lo hagas es esta, el «Tres años después». He supuesto que si has terminado la novela es porque, como yo, te has enamorado de Rebecca y no podrías cerrar el libro sin saber qué es de ella.

¿A que me perdonas?

¿Sí?

Pues ahora que todo está aclarado... voy *p'allá*.

Gracias, gracias, gracias.

Mami, por ser tú, por cuidar de mí, por decirme todos los días que soy una persona maravillosa, por seguir sonándome la nariz a pesar de que tengo ya cuarenta años. Por quererme tanto. Por estar ahí.

Papi, por mirar más allá, por decirme que podía hacerlo, por los consejos y las risas. Por estar ahí.

A Janet Marin, por inspirarme, por llenar mi vida de amor y mi WhatsApp de risas. Por estar ahí.

A Cristina Amorós por estar en mi vida hace mil años y seguir aguantándome. Por estar ahí.

A Manu Moreno, que es maravilloso y una fuente de inspiración, por quererme y hacerme reír. Por estar ahí.

A Andrés Pinola, por ayudarme tanto, por darme impulso, por hacerme ver que lo lograría, por ser mi amigo. Por estar ahí.

A Ivoti por hablar tan rápido y decirme en un minuto ciento cincuenta cosas, todas maravillosas. Por estar ahí.

A Jonathan Gutiérrez, por mirarme y transmitirme admiración, por hablar con tus silencios. Por estar ahí.

A Enrique García, por hacer la vista gorda y dejarme escribir, cuando debería estar trabajando. Por estar ahí.

A María Samperiz que creyó en mí desde el minuto cero y me hizo soñar con esto. Por estar ahí.

A Joan Bruna, por ser mi Ángel de la Guarda, porque cada palabra tuya ha sido importante para mí, por tu mirada cálida y por decirme que dejara las magdalenas. Por estar ahí.

A Sandra Bruna, por decirme que lo harías y hacerlo, por ser tan cercana, por tener esa sonrisa. Por estar ahí.

A Mariana Argelaguet, por llorar, por emocionarte. Por estar ahí.

A todas las mujeres Manteca Colorá que me siguen y que no han dejado de darme muestras de apoyo y de darme ánimos. Por estar ahí.

A Carmen Romero, mi editora, que me ha ayudado muchísimo, que ha creído en mi trabajo y ha hecho posible que hayas conocido a Rebecca. Por decirme que me achucharías y achucharme. Por estar ahí.

Os quiero, a todos, y os debo muchísimo, pero no os enfadéis si especialmente se lo agradezco a Isidro, mi Mitad, mi marido y amigo. Por leer el libro sin rechistar, por apoyarme y soñar conmigo, por ver en mí algo que solo tú ves, por amarme y dejar que te ame. Por estar ahí.

A mis hijos, Kenzo, Candela y Chloé, que son la luz de mi vida, y porque sin ellos nada tendría sentido.

A Elena de Ascó, porque es mi pesada favorita, porque llora de risa cada vez que abro la boca, porque me quiere tal como soy. Por estar ahí.

A Nacho, por tus ojos, por estar aunque no estés.

Me olvido de muchos, seguro.

Sé que sabrán perdonarme.